Die durchsichtigen Hände

© 2008 Jung und Jung, Salzburg und Wien
Alle Rechte vorbehalten
Satz: Media Design: Rizner.at, Salzburg
Druck: Friedrich Pustet, Regensburg
ISBN 978-3-902497-42-0

XAVER BAYER

Die durchsichtigen Hände

JUNG
UND
JUNG

„Die Rätsel des Lebens", sagte er mit harter Stimme und nach oben gerichtetem Gesicht, „kann man wohl sehr ernst nehmen. Es ist aber wohl nicht nötig, wenn man sie immerzu sehr ernst nimmt. Man kann sie auch mal sehr lustig nehmen. Dadurch werden sie ganz bestimmt nicht unbedeutender. Es ist wohl nicht nötig, immer sehr ernst zu sein. Und grade, wenn man Abschied nimmt von alten Zuständen, dann könnte man wohl ganz besonders lustig sein. Jedenfalls wird die Veränderung der Lebensform doch einige Rätsel lösen. Und das kann uns doch ganz heiter stimmen. Man könnte sogar lachen, daß man so voll Bangen ist – da man nicht weiß, wie es kommen wird – ob es enden wird oder nicht. Daß man das nicht weiß – das ist doch nicht traurig. Man könnte darüber auch lachen."
Er lachte aber nicht. Er befühlte seine durchsichtigen Hände.

                        Paul Scheerbart, Lesabéndio

Der Durchhaltewettbewerb

An jenem Abend vor dem Neumond, als Hanno mit der Sprache rausrückte und uns von der Idee mit dem Durchhaltewettbewerb erzählte, war das Wasser seltsam schwer und träge, und von der Küste betrachtet, sahen die Wellen bleiern aus, dazu schwappten sie irgendwie langsamer als üblich ans Ufer, wie in zaghaft angedeuteter Zeitlupe. Überwand man die einem angeborene Scheu vor dem Meer und begann darin zu schwimmen, so schien man nicht von der Stelle zu kommen, es wurde einem leicht schwindlig, als wäre etwas mit dem Lymphsystem im Ohr, das für den Gleichgewichtssinn zuständig ist, nicht ganz in Ordnung, ein Anflug von Seekrankheit, was man sonst nur von Bord eines Schiffes her kennt. Tauchte man, so konnte man sehen, wie trüb das Wasser war, Algenbüschel schwebten überall, und zurück an der Oberfläche, verriet eine Blasenspur, wo man entlanggetaucht war. Das Meer machte den Anschein, uns nur unwillig aufzunehmen. Auch wenn wir es uns nicht eingestanden, ich war sicher, dass wir das alle ähnlich empfanden. Wir, das waren in alphabetischer Reihenfolge: Denis, Gustav, Hanno und ich. Wir saßen am Strand etwas abseits von unseren Frauen, und als Hanno damals dieses Wort „Durchhaltewettbewerb" in den Mund nahm, war es für uns wie eine Erlösung, dass endlich einer den Mut gefunden hatte, es auszusprechen. Vielleicht weil Hanno als Ältester größere Lebenserfahrung hatte oder vielleicht weil er schlichtweg der Tapferste von uns vieren war, jedenfalls hatte er den Stein ins Rollen gebracht, und was daraufhin folgte, waren nur noch kleinere, administrative Probleme, die wir im Handumdrehen gelöst hatten. Wir vereinbarten einen Zeitpunkt sowie die verbindlichen Regeln, dann reichten wir einander wie ein alteingeschworenes Team die Hände und standen auf, um unsere Frauen von dem Vorhaben zu informieren.

Nachdem wir ihnen den Plan ausgebreitet und etwaige Bedenken aus dem Weg geräumt hatten, waren sie einverstanden, ja geradezu eingenommen, beinahe begeistert, und versprachen, das ihre zum Gelingen der Sache beizutragen. Nach Sonnenuntergang stiegen wir alle hoch zu dem Studio, das wir gemietet hatten, und ich schwöre, dass zu keinem Zeitpunkt zuvor und danach unsere Frauen so herrlich und liebevoll gewesen sind wie an jenem Abend. Wir wurden nach Strich und Faden verwöhnt. Kaum dass wir auf der weitläufigen Terrasse des Studios an dem großen, runden Holztisch Platz genommen hatten, brachten sie uns wohltemperiertes Bier und machten sich dann in der Küche zu schaffen, um sich der Zubereitung unserer Lieblingsspeisen zu widmen. Währenddessen ließen wir uns von der heraufziehenden Dämmerung umfangen, nippten an unseren Gläsern und unterhielten uns in gepflegter, gesitteter Manier wie einst die Vorväter unserer Vorväter über die Autoren des klassischen Altertums, insbesondere über Plinius den Jüngeren, von dem wir nur mit Hochachtung und Liebe sprachen. Später speisten wir gemeinsam und beschlossen dann, gegen Mitternacht, in Anbetracht des morgigen Unternehmens, uns früher als sonst zu Bett zu legen. Wir wünschten einander erquickenden Schlaf und schöne Träume und löschten das Licht. Unsere Frauen ließen uns in dieser Nacht unberührt schlafen, damit wir unsere Kräfte schonen konnten, und tatsächlich: Am nächsten Morgen, als wir uns beim Frühstückstisch wiederbegegneten, sahen wir alle frisch aus wie schon lange nicht mehr. Die Gespräche waren heiterer Natur, und trotzdem war die Stimmung von angespannter Konzentration. Alle verweigerten wir größere Nahrungsaufnahme, wir tranken nur, je nach Belieben, eine Tasse Tee oder ein Glas Milch oder Fruchtsaft, und gegen halb acht fingen wir mit leichten Lockerungsübungen an, um unsere Muskeln warm und weich zu bekommen. Unsere Frauen füllten inzwischen Wasser in kleine Plastikflaschen und bereiteten mundgerechte Häppchen vor, die uns im Lauf des Experiments mit Energie versorgen sollten. Dann setzten wir uns in Bewegung, Richtung Strand. Zu dieser Tageszeit war außer uns noch niemand da. Wir sahen zu, wie unsere Frauen ihre Badetücher ausbreiteten und Löcher in den Sand gruben, um darin die Wasserflaschen kühl zu halten. Noch ein paar Kniebeugen, ein Im-Stand-Rennen, Sich-Schütteln, dann ging es los. Punkt acht Uhr verließen wir das Ufer und wateten ins Meer, Schritt für Schritt, bis wir auch auf unseren Zehenspitzen nicht mehr stehen konnten und schließlich schwammen. Wie so oft bei Vollmond oder Neumond hatte das Wetter über Nacht gewechselt, und statt der gestrigen warmen Brise aus dem Süden wehte heute ein kräftigerer Nordwind, der auch höhere Wellen zur Folge hatte, und das Wasser war erfrischend kühl und klar.

Zuerst blieben wir noch eine Weile zusammen, scherzten und bespritzten einander wie spielende Kinder, dann entfernten wir uns, einer nach dem anderen. Denis war der Erste. Er kraulte schnurstracks von uns weg ins offene Meer hinaus, dann folgten Gustav und Hanno, dieser weiter nach links, brustschwimmend, jener im Schmetterlings- oder Delphinstil etwas nach rechts. Ich blieb noch eine Weile im seichteren Gewässer und beobachtete unsere Frauen, die sich inzwischen mit Sonnenmilch eincremten, dann schwamm auch ich, auf dem Rücken liegend, weiter hinaus. Seit jeher war mir Rückenschwimmen das Liebste. Ich konnte auch den toten Mann machen, wobei mir meine Arme, vom Körper weggestreckt, die nötige Balance auch bei stärkerem Wellengang gaben und

mein Kopf bis über die Ohren unter Wasser lag. Nur mein Mund und die Nase ragten über die Oberfläche, und so war es mir möglich, mich mit dem geringsten Kraftaufwand über Wasser zu halten. Ich rechnete aufgrund dieser Fähigkeit damit, den Durchhaltewettbewerb für mich entscheiden zu können. So lag ich länger auf dem Rücken und blickte in den Vormittagshimmel. Hin und wieder, aber eher selten, sah ich hoch oben eine Möwe oder ein Flugzeug, ansonsten nur die blaue Fläche des Himmels, der wolkenlos, ohne Makel war.
Es muss ungefähr eine Stunde vergangen gewesen sein, als ich dicht neben mir Gustavs Stimme vernahm, der vermutlich meinen Namen ins Meer hineingerufen hatte. Ich rollte mich auf die Seite und hielt mich dann senkrecht im Wasser. Wir wechselten ein paar Worte miteinander, relativ belangloses Zeug wie die mögliche Investition in ein Leihauto für Ausflüge, dann fachsimpelten wir ein wenig über den Einfluss der Gezeiten auf das Wetter, schließlich verstummten wir und schwammen noch eine Zeitlang nebeneinander her, um uns bald schon übergangslos zu trennen. Um mich in Bewegung zu halten und aus Verlangen nach Abwechslung, unternahm ich an der Stelle, wo ich mich gerade befand, ein paar Tauchversuche, aber der Grund war zu tief, schätzungsweise über zehn Meter, sodass es mir trotz mehrmaliger Anläufe nicht gelang, ganz hinunter zu kommen. Ungeachtet dessen genoss ich jedes Mal die Sekunden des

Auftauchens, wenn ich hoch zur Wasseroberfläche schoss, ein längerer Augenblick, den ich schon als Kind geliebt hatte. Ich war danach zwar einigermaßen aufgewärmt, aber auch ein bisschen außer Atem, deshalb begab ich mich wieder in die Tote-Mann-Stellung und ließ mich treiben.

Es war ein nahezu meditativer Zustand, in den ich versenkt war, als ich von Denis angestoßen wurde. Ich richtete mich auf und fragte ihn, was er denn wolle. Denis grinste zunächst auf höhnische Weise, wie es so seine Art ist, dann ließ er mich wissen, dass er soeben in Ufernähe gekrault sei und von unseren Frauen erfahren habe, dass es jetzt Punkt zwölf sei. Vier Stunden waren wir also schon ohne Unterbrechung im Wasser. Ich erklärte mich bereit, zu Gustav hinüberzuschwimmen, um ihm mitzuteilen, dass jetzt Essenszeit sei, und Denis schwamm zu Hanno. Wir trafen uns alle in recht guter Stimmung unweit des Ufers, wo uns unsere Frauen schon mit dem Essen entgegenkamen. Sie hatten eine Luftmatratze aufgeblasen, und darauf, auf einem Tablett, lagen Brötchen, standen Gläser mit Wasser und, für die, die wollten, auch mit Wein. Wir langten tüchtig mit unseren vom Salzwasser eingeschrumpelten Fingern zu und lobten die raffinierte Zusammenstellung der Sandwiches, die genauso waren, wie wir sie mochten. Dann stießen wir mit einem Glas Wein auf gutes Gelingen an, küssten unsere Frauen und bewegten uns gemächlich wieder ins offene Meer hinaus, um zu verdauen. Das Schwimmen mit vollem Magen war jedoch weniger angenehm. Zum ersten Mal meldete sich in meinem Bewusstsein der Wunsch nach festem Boden unter meinen Füßen, aber ich ignorierte den Gedanken, so gut ich konnte, und drehte mich wieder auf den Rücken. Ab und zu musste ich meinen Körper in die Senkrechte bringen, um müheloser aufstoßen zu können. Bei diesen Gelegenheiten nahm ich auch schon eine leichte Muskelerschöpfung in meinen Armen und Beinen wahr, und ich beeilte mich, in die Ruhestellung zurückzukehren. Die Sonne war mittlerweile im Zenit, und mein Gesicht begann ein wenig zu brennen, und immer wieder ließ ich zur Kühlung Wasser darüberschwappen. Einige Male passierte es mir auch, dass mir etwas schwummrig wurde und dass das Land, das ich sah, vor den Augen flimmerte, aber diese Zustände dauerten höchstens wenige Sekunden, und ich fühlte mich bei weitem noch als Herr der Lage. Meine Gedanken allerdings wurden mit der Zeit etwas seltsamer. Als würden sie von Wellen in einer Auf-und-ab-Bewegung gehalten werden, fielen mir in bestimmten Intervallen die merkwürdigsten Begebenheiten ein, teils früher erlebte und bis dato vergessene, teils frei erfundene. Ich stimmte schließlich, um mich abzulenken, ein Lied an. Es hatte die Melodie von „La Paloma", aber einen Nonsenstext, der sich spontan dazugesellte. Bald jedoch ermüdete mich auch das.

Die Stunden vergingen, so kam mir vor, besonders langsam. Wenn ich mich umdrehte und nach den anderen Ausschau hielt, entdeckte ich sie, im Abstand von vielleicht hundert Metern verstreut, Gustav hier, Hanno da und Denis dort, und keiner schien Anstalten zu machen aufzugeben. Dem Sonnenstand nach schätzte ich die Zeit auf drei oder halb vier. Ich bewegte mich zuerst zu Gustav hin, machte zwischendurch aber eine kurze Pause, in der ich die Zehen meines linken Fußes gewaltsam nach oben bog, weil ich einige Sekunden lang einen Wadenkrampf hatte. Als ich bei Gustav angekommen war, sah ich, dass er sehr bleich war. Ich erkundigte mich, ob bei ihm alles klar sei, er antwortete „Natürlich" und fragte mich dasselbe, ich versicherte ihm darauf, dass es mir nie besser gegangen sei, und setzte dann meine Runde fort. Bei Hanno angelangt, konnte ich feststellen, dass er mittlerweile meine Taktik des Toten Manns übernommen hatte. Es sah so friedlich aus, wie er da am Wasser trieb, ganz so, als würde er schlafen, deswegen sprach ich ihn auch nicht an und steuerte stattdessen auf Denis zu. Denis sah nicht gut aus. Ich fragte ihn, was los sei, und er berichtete, dass er Kopfweh habe und sich soeben habe übergeben müssen. Als Beweis zeigte er mir in einiger Entfernung Überreste von seinem Erbrochenen. Man konnte sehen, wie kleine Fische gierig danach schnappten. Ich riet ihm, sich wieder mehr in Richtung Ufer zu begeben, aber Denis winkte ab

und meinte, es würde schon passen und ich solle mir keine Sorgen machen. Also ließ ich ihn allein, auch weil ich fühlte, dass mich das Umherschwimmen selber ziemlich angestrengt hatte. Weil ich durstig war, paddelte ich noch, auf dem Rücken liegend, zum Strand, bis ich in Rufweite war und meiner Frau den Wunsch nach etwas zu trinken mitteilen konnte. Sie kam mit einer Flasche zu mir geschwommen und wollte wissen, wie es mit mir stehe. Ich war unzweifelhaft etwas erschöpft, doch zu stolz, mir etwas davon anmerken zu lassen, deswegen spielte ich den Vergnügten, aber als ich sie dann wieder zurückließ, blieb mir ein eigenartiger Kloß im Hals.
Zwischenzeitlich hatten auch Denis und Gustav die Tote-Mann-Position für sich entdeckt, und bis auf die Bewegungen der Beine, mit denen wir verhinderten, allzu nahe zum Strand getrieben zu werden, was eine sofortige Disqualifizierung nach sich gezogen hätte, rührte sich kaum einer von uns. Immer wieder kamen Taucher an uns vorüber. Aus den Augenwinkeln sahen wir Segelschiffe und Kite-Surfer, die neben uns vorbeisausten und dutzende Meter durch die Luft flogen, begleitet vom Geräusch von Motorbooten und dem Geschrei der spielenden Kinder am Strand.
Erst am frühen Abend, als die meisten Badegäste ihre Schirme zusammenklappten, ihre Liegetücher ausschüttelten und den Strand verließen, fanden wir alle vier, eher durch Zufall, etwa sechzig Meter

vom Ufer entfernt, zusammen. Wir waren ausnahmslos geschlaucht, und keinem von uns wollte mehr ein passender Scherz gelingen, da hörten wir plötzlich vom Strand her Gesang. Wir schwammen näher und konnten nun deutlich erkennen, dass sich unsere Frauen zu einer Art von Cheerleader-Gruppe formiert hatten und uns mit Sprechchören anfeuerten. Dazu schwenkten sie zu offenkundig einstudierten Tanzbewegungen ihre Badetücher und warfen ihre Beine wie Cancan-Tänzerinnen in die Höhe. Trotz aller Erschöpfung mussten wir lachen, und jedem von uns wurde warm ums Herz beim Anblick dieser vier zauberhaften Wesen, die nach wie vor zu uns hielten und dies auch noch durch so eine gelungene Performance zum Ausdruck brachten. Wir ruderten näher, und Hanno und mir gelang es, zwei-, dreimal zu applaudieren, wohingegen Denis bei dem gleichen Versuch Wasser verschluckte und sich wieder übergeben musste, Gustav indessen versuchte es nicht einmal, sondern rief mehrfach „Bravo", was vom Ufer her mit lautem Gejohle quittiert wurde. Ich schlug, nicht zuletzt hinsichtlich Denis' Zustand, vor, vielleicht statt eines Abendessens ein bisschen Wein zu trinken, der, so war meine Überzeugung, uns wieder Energie zuführen würde, Treibstoff quasi, und da sich alle sofort damit einverstanden erklärten, schrien wir unser Begehr nach Alkohol in Richtung Ufer, und schon eine Minute später waren wir jeder mit einem Glas versorgt, von unseren Frauen wie von Meerjungfrauen umgeben. Mit dem Wein kam Zuversicht in unsere müde Runde. Denis meinte, sein Kopfweh sei so gut wie verschwunden, und nach einer halben Stunde hatten wir den Doppelliter geleert, das ganze Unternehmen schien auf einmal wieder bewältigbar. Wir küssten unsere Frauen zum Abschied und manövrierten uns durch die Wellen nach draußen.

Zurück in der Toten-Mann-Stellung, merkte ich erst, wie der Wein in meinem Kopf ein Drehen verursachte. Ich musste lachen und mich in die Gerade bringen, und meinen Gefährten ging es nicht anders, wie ich sehen konnte. Denis war inzwischen wieder voll da, was sich daran bemerkbar machte, dass er Gustav Lieder aus seiner Heimat vorsang, und Gustav summte, obwohl ihm die Melodien fremd sein mussten, gut gelaunt mit. Hanno hingegen, der an ihre Seite gekommen war, schlug mit den flachen Händen auf der Wasseroberfläche den Takt, und mir fiel bei diesem Singsang die Aufgabe zu, hin und wieder vergnügte Jauchzer auszustoßen. Das Ganze endete in einem lang anhaltenden Gelächter, dann trieben wir wieder langsam voneinander fort.

Als ich den Sonnenuntergang betrachtete, den wir gestern noch vom Strand aus genossen hatten, wurde mir bewusst, dass wir uns nunmehr seit zwölf Stunden im Wasser aufhielten. Ich warf einen Blick zu unseren Frauen, insgeheim besorgt, sie könnten sich langweilen, aber was ich aus der

Weite sehen konnte, sprach nicht dafür. Sie hatten sich wegen der Abendkühle ihre Blusen angezogen und spähten abwechselnd durch einen Feldstecher zu uns hinaus aufs Meer. Das Wasser wurde allmählich ruhiger, und mit der Dämmerung senkte sich auch eine umfassende Friedlichkeit auf uns alle herab. Man konnte bereits die ersten Abendsterne blitzen sehen.
Während ich so versonnen dahinschwebte, spürte ich plötzlich einen weichen Widerstand im Wasser und gleich darauf so etwas wie einen elektrischen Schlag, und erschrocken warf ich mich herum und sah, dass ich in Berührung mit einer Qualle gekommen war. Fluchend brachte ich mich vor ihr in Sicherheit und rieb mir die genesselte Stelle auf meinem Handrücken. Ich wollte den anderen eine Warnung zurufen, aber auf einmal wurde mir schwindlig, und ich brachte mich mühsam erneut in die Tote-Mann-Haltung, von der jähen Panik erfasst, sogleich einen Kreislaufkollaps zu erleiden. Ich lag schwer atmend da und versuchte, mich zu beruhigen. Nach einer gewissen Zeitspanne voller Angst, ich könnte untergehen, hatte ich mich wieder gefangen, obschon ich immer noch zitterte.
Mittlerweile begann die Nacht aufzuziehen. Wie die Laternen einer Großstadt gingen Stern für Stern die Lichter am Firmament an, und mit der Zeit wurde es für meine Augen etwas anstrengend, die anderen drei auf dem Wasser ausfindig zu machen. Auch in den Häusern am Festland hinter

der Bucht wurden die Lampen angeschaltet, und die Dunkelheit des Himmels kam am Ende fast wie mit einem Fingerschnippen, unversehens, und finster war es. Unsere Frauen am Strand hatten, wie ich verfolgen konnte, trockenes Treibholz gesammelt und waren dabei, ein Feuer zu entfachen. Hin und wieder schallte ein Aufmunterungsruf zu uns heraus, und irgendwoher hatten sie eine Gitarre organisiert, sodass mit dem Abendwind immer wieder auch Taktfetzen von Liedern zu uns geweht wurden, Lieder, die unzweifelhaft unsere Lieblingslieder waren. Untereinander war kein Blickkontakt mehr möglich.

Ein paar Mal noch im Verlauf der Nacht, die sehr lang war, rief der eine oder andere von uns die Namen der übrigen drei, und nicht immer kam eine Antwort. Das Meer war jetzt wieder so träge wie am Vorabend. Wenn man ins Wasser stampfte oder mit der Hand durchfuhr, glitzerten seltsam fluoreszierende Pünktchen auf, es war, als würden die Bewegungen des Körpers Funkenspuren im Wasser hinterlassen. Ich fand von Zeit zu Zeit die Kraft, ein, zwei Meter hinunterzutauchen, weil mich dieses Glitzerspiel faszinierte. Es schien, als würden am Grund des Meeres ebenfalls Sterne strahlen. Einmal gelang es mir, besonders lange unter Wasser zu bleiben. Ich hatte dabei nicht das Gefühl, dass mir die Atemluft fehlte, sondern dass ich im Gegenteil genügend Sauerstoff in meinen Lungen hatte, um mich da unten ein wenig herumzutreiben. Dann musste ich kurz eingeschlafen sein. Als ich wieder zu mir kam und die Augen mit einem Ruck des Entsetzens aufriss, stellte ich fest, dass ich im Sand am Saum des Ufers lag, und in einiger Entfernung sah ich ein Lagerfeuer und vier Frauen, die zu den Akkorden einer Gitarre einen stimmungsvollen Kanon sangen, und obwohl ich froh war, an Land zu sein, verhielt ich mich, im Bewusstsein, verloren zu haben, still, so still, als würde es mich gar nicht geben.

Zwei

Mansour ist besorgt, dass das Papier nicht ausreichen könnte. Mit seinen dicken Fingern zählt er umständlich die Bögen, aber ich beruhige ihn, denn ich habe es im Gefühl, und mein Gefühl ist bei so etwas untrüglich. Es wird sich locker ausgehen, sage ich. Doch Mansour bleibt stur, er zählt nochmals die Bögen, und während er das tut und ich geduldig und leicht spöttisch grinsend (denn letztlich werde ich Recht behalten!) daneben stehe, piepst mein Handy, das Zeichen, dass mich eine Kurzmitteilung erreicht hat, und ohne sofort darauf zu reagieren, weiß ich, dass es wieder eine dieser blinden Nachrichten ist, die ich in letzter Zeit laufend, an manchen Tagen sogar beinahe im Stundentakt erhalte: Es sind Kurznachrichten ohne Text, leere Meldungen sozusagen. Zu Beginn, als es die ersten paar Male passierte, vor circa drei Wochen, hatte ich logischerweise herausfinden wollen, wer der Absender ist, aber immer wenn ich die angezeigte Sendernummer zurückrief, wurde mir von einer weiblichen Tonbandstimme mitgeteilt, dass unter dieser Nummer leider kein Anschluss bekannt sei. Inzwischen habe ich es aufgegeben dahinterzukommen, was es damit auf sich hat, wer es ist, der oder die mir da unaufhörlich solche inhaltslosen Botschaften zuschanzt, und meine Finger drücken nun in so einem Fall die Tastenkombination zum Löschen der eingegangenen Textnachricht schon automatisch. Genau das tue ich jetzt, während Mansour zum sage und schreibe dritten Mal die Bögen durchzählt, aber es werden nicht mehr und nicht weniger, und ich meine: He, Alter, das geht sich locker aus, und er: Wir werden ja sehen, und also machen wir uns an die Arbeit. Ich sollte vielleicht vorausschicken, dass Mansour mit keinem Wort erwähnt hat, warum er es total finster haben will, aber er wird schon seine Gründe haben, das war mein erster Gedanke, als er mich am Telefon bat, ihm zu helfen, und das denke ich mir auch jetzt noch. Wir kennen einander schon lange genug, haben die unterschiedlichsten Arbeiten gemeinsam ausgeführt, und immer haben wir uns in unseren Handgriffen perfekt ergänzt, ebenso ist es diesmal. Zuerst gehen wir alle Türen und Fenster, sprich alle Öffnungen nach außen, von Mansours Wohnung ab. Mansour vermisst mit seinem rostigen Maßband die Rahmen, und ich notiere auf der Rückseite eines alten Familienfotos, das er, wie er meinte, nicht mehr brauche, die Zentimeterzahlen, die Mansour mir ansagt. Dann kommt das Zuschneiden dran. An der Schneidemaschine kann nur einer arbeiten, also bitte ich Mansour, in der Zwischenzeit, während ich das Papier in den benötigten Dimensionen zuschneide, für Musik zu sorgen. Er geht ins Wohnzimmer, um sein altes I-Book zu holen. Sekunden später meldet sich erneut mein Handy. Wieder eine Nachricht. Wieder nur leere Zeilen. Ich lösche sie, kennzeichne die Maße des ersten schmalen Gangfensters mit einem Bleistift auf dem Papier und schiebe es unter dem Lineal in die Maschine. Mansour hat mittlerweile den Computer an die Lautsprecher angeschlossen, und er führt den Cursorpfeil über das „Play"-Symbol, tippt auf das Touchpad, und es erklingt Musik, Musik aus seiner Heimat, aus Amerika, und wir nicken beide, ohne dass uns jemand dazu auffordern hätte müssen, im Takt mit. Dann fragt mich Mansour, ob ich auch Kaffee möchte, und ich nicke eine Spur stärker, und schon ist er auf dem Weg in die Küche. Als ich ungefähr die Hälfte der Bögen zurechtgeschnitten habe, mache ich eine Pause, trinke den Kaffee, den mir Mansour hingestellt hat und der längst ausgekühlt ist, und zünde mir eine an. Jetzt kannst du langsam anfangen, sage ich zu Mansour, und während ich mich dem Rest der schwarzen Papierbögen widme, reibt er mit einem mit Wundbenzin getränkten Lappen die Fensterrahmen ab. Wir sind ungefähr zur selben Zeit fertig. Ich kann es mir nicht verkneifen: Siehst du? Es ist sich genau ausgegangen. Jetzt steht der Hauptteil der Arbeit an. Ich habe sämtliche Bögen sorgfältig beschriftet, wir beginnen mit dem Gangfenster. Wir schneiden das Gewebeband in exakt die Längen, die wir brauchen werden, dann hält Mansour das Papier über die Scheibe, ich prüfe mit einem Blick aus der Entfernung, ob es gerade ist, und klebe vorsichtig den ersten waagrechten Streifen des Klebebands oben halb über das Papier, halb über den Fensterrahmen. Mansour presst seine Finger darauf, damit sich der Bogen nicht wellt, und ich fixiere das Band auf der rechten senkrechten Seite. Das Band für unten und das für links ist Mansours Aufgabe. Genauso machen wir es, Fenster für Fenster, im Schlafzimmer, im Badezimmer, in der Toilette, im Wohnzimmer, nur die Küche hat keine Fenster. Dazu läuft Musik aus Mansours I-Tunes-Repertoire, und es ist angenehm und für die Arbeit in gewisser Weise vorteilhaft, dass wir beide einen sehr ähnlichen Musikgeschmack haben. Nach gut zwei Stunden sind alle Fenster abgedunkelt. Kleine Ausbesserungen sind vonnöten, und mit dem Stanleymesser und einem Löffel, mit dem wir etwaige Bläschen aus dem Klebeband streichen, haben wir auch diese zügig erledigt. Als ich mein Handy vom Tisch nehme, um auf die Uhr zu schauen, sehe ich, dass ich vor einer Stunde wieder eine Kurznachricht bekommen habe. Ich überprüfe sie, wieder ein Blindgänger, lösche sie und lege das Handy zurück auf den Tisch. Na, nicht schlecht, sagt Mansour. Wir sind beide ins Schwitzen gekommen, weil heute ein heißer Tag ist und wir die Fenster während der Arbeit immer nur kurz öffnen konnten. Jetzt probieren wir aus, ob es gut geworden ist, sagt Mansour. Er schaltet alle Lichter in der Wohnung ab. Es bleiben nur die glühenden Spitzen unserer Zigaretten. Ich stehe auf und gehe vorsichtig im Dunkeln hinaus auf den Gang. Der erste Eindruck der totalen Finsternis verliert sich nach einer halben Minute. Gottverdammter Fuck, sagt Mansour. Zwar schirmt das schwarze Papier das Licht von außen ab, aber durch die Ritzen zwischen Fensterrahmen und Fensterstock dringt Helligkeit, und auch die Eingangstür schließt nicht hermetisch und lässt durch den Spalt am Boden Licht hinein. Mansour schaltet die Deckenleuchte im Wohnzimmer an. Halb so schlimm, sage ich, das ist halt so in Altbauwohnungen. Ich brauche es aber ganz dunkel, erwidert Mansour, total dunkel, verstehst du? Beim Wohnzimmertisch beratschlagen wir, was wir tun können. Dreh mal die Musik ab, sage ich, und Mansour klappt kurzerhand das I-Book zu. Mit Kitt, schlage ich vor, oder mit diesem Dichtungsschaum. Aber dann kannst du nie wieder die Fenster und die Tür öffnen. Nein, sagt Mansour, wir machen das auf russisch. Er steht auf und beginnt, die Ritzen einfach mit Gewebeband zuzukleben. Na gut, sage ich und nehme mir die zweite Rolle und gehe ins Schlafzimmer. Die Wohnungstür wird doppelt abgedichtet, zusätzlich zu dem Klebeband befestigen wir Streifen eines uralten Teppichs über den Ritzen zwischen Tür und Türstock. Vor den Spalt am Boden legen wir eine Barriere aus Alufolie. Jetzt lass es uns testen, sagt Mansour. Gib einfach den Hauptschalter raus, schlage ich vor, dann leuchten auch diese Mehrfachsteckerdinger nicht mehr. Gute Idee, meint Mansour und legt den Schalter für die Hauptsicherung um. Wir warten schweigend ein halbe Minute, dann gehen wir langsam durch die Wohnung. Ich lege meine Hand leicht auf Mansours Schulter, um nirgendwo anzustoßen, schließlich kennt er den Weg besser. Wir kontrollieren jedes Fenster und die Eingangstür. Es stellt sich heraus, dass wir gute Arbeit geleistet haben. Es ist in der Tat stockfinster. Anständig, anständig, murmelt Mansour. Ehrensache, will ich sagen, da piepst mein Handy, das auf dem Wohnzimmertisch liegt, und das Display strahlt ein schwaches, bläuliches Licht aus. Ich gehe hin, klicke auf „YES", sehe, dass es wieder eine Nachricht ohne Inhalt ist, abgeschickt von einer Nummer, die nicht existiert, da höre ich Mansour fragen, wer mir da eigentlich dauernd diese SMS schreibt, und ich schalte das Handy jetzt ganz aus, es ist mit einem Schlag abermals vollkommen dunkel, und ich sage: Keine Ahnung, und nach ein paar Sekunden Stille beginnt Mansour loszuprusten: Mann, ein Wahnsinn, es ist tatsächlich absolut finster, und da kann ich nicht anders und fange eben auch an, wie ein Irrer zu lachen.

Noch einmal für
Jean-Louis Trintignant

Es ist mittlerer Nachmittag, als ich verhaftet werde. Unterwegs auf der Rue Berger entlang den Grünanlagen von Châtelet–Les Halles sehe ich schon aus dem Augenwinkel die zwei Polizisten, die sich mir rasch nähern, und einer von ihnen ruft: Monsieur! Monsieur! Ich rechne mir keine guten Chancen aus, davonlaufen zu können, also bleibe ich stehen. Die beiden Polizisten treten an mich heran und fordern mich auf mitzukommen. Ich erkläre mir ihre relative Höflichkeit dadurch, dass ich an diesem Tag Anzug und Krawatte trage sowie meinen Burberry-Mantel, den ich am Morgen noch aus der Putzerei geholt habe. Die Polizisten nehmen mich in die Mitte, einer umfasst mit einem kräftigen Griff meinen linken Oberarm, und so gehen wir gemeinsam bis zum Eingang des überdachten Teils des Forums, wo man zur Métro und den RER-Zügen gelangt. Dort werde ich angewiesen, mich hinzustellen und zu warten. Eine Politesse, die mittlerweile hinzugekommen ist, fährt mich an, ich möge die Hände aus den Manteltaschen geben. Danach nimmt sie eine, wie ich finde, recht nachlässige Perlustrierung meiner Taschen vor. Ich genieße in gewisser Hinsicht den Augenblick, als sie das Buch, das ich bei mir trage

(„Inferno" von August Strindberg), in der Hand hält und sekundenlang auf den Titel starrt. Sie gibt es mir zurück und kontrolliert dann den Inhalt meiner Brieftasche. Auf meine Frage, ob ich eine rauchen dürfe, bekomme ich ein barsches „Non" zur Antwort.

Aus dem Umstand, dass sich einer der Polizisten bei einem Clochard, der etwas weiter rechts an die Mauer gelehnt gesessen hat und nun aufgestanden und zu der Gruppe getreten ist, erkundigt: C'était lui?, und dieser mit „Oui" antwortet, dämmert mir, dass der vermeintliche Clochard in Wirklichkeit ein Polizeispitzel ist, der mich verpfiffen hat. Der Spitzel trollt sich wieder, und man teilt mir mit, dass ich noch kurz zu warten habe.

Wie ich so dastehe, flankiert von den drei Beamten wie von meinen persönlichen Leibwächtern, passiert es, dass ich mich auf einmal eigenartigerweise wohl fühle. Einige Meter vor mir, am Rand des Parks, ist ein altmodisch angemaltes Ringelspiel mit hölzernen Pferdchen aufgebaut, auf denen Kinder reiten, und davor Menschen, die vorübergehen und neugierige Blicke in meine Richtung werfen, und im Hintergrund die Kirche von St. Eustache, und über all das breitet die Nachmittagssonne ihr liebliches Licht, wodurch ich einige Augenblicke lang sogar vergesse, dass ich mich in Polizeigewahrsam befinde.

Einer der Beamten stellt sich vor mich und instruiert mich, dass wir nun über das kurze Teilstück

der Fußgängerzone hinüber zum Poste de Police gehen werden. Ce n'est pas nécessaire, sage ich, als der Polizist aufs Neue meinen Arm umklammert, und tatsächlich, er lässt ihn los. Auf den zwanzig Metern der Wegstrecke bis zur Polizeistation, über deren Eingang schlaff eine französische Flagge hängt, werden wir von den Passanten unverhohlen angegafft. Ich, in der Mitte, kokettiere mit der Vorstellung, man könne denken, ich selbst sei der Kommissar anstatt des Verhafteten. Trage ich nicht einen Mantel wie Jean-Louis Trintignant in diesen alten Filmen? Ich setze bewusst meine Schritte so resolut, dass es für einen in die Situation Uneingeweihten so wirken könnte, als wäre ich es, der die Flics, meine Untergebenen, hinüber zum Kommissariat führt, so als handelte es sich darum, in den nächsten Minuten, drüben, in meinem Büro, die Aufklärung eines Falls in Angriff zu nehmen, ich, Monsieur le Commissaire, der sich seinen Leuten gegenüber freundlich, aber nicht jovial, notfalls streng, aber trotz seines oftmals bärbeißigen Auftretens stets menschlich verhält, einer, der auch Ganoven gegenüber sportsmännisch bleibt, was von diesen wiederum mit Respekt vergolten wird, und so weiter.
Trotzdem umfängt mich ein leichter Schauer von Unwohlsein, als wir die Polizeistation betreten. So wie man beim Eintritt in ein Spital oder ein Labor, in dem Tierversuche durchgeführt werden, schlagartig mit Gerüchen, Geräuschen und Anblicken

konfrontiert wird, die von Leid zeugen, so tauche ich auch hier in eine Sphäre ein, die sich in ziemlich gleichen Teilen aus Angst, Gewalt und Alarmbereitschaft zusammenzusetzen scheint. Und wie in einem Krankenhaus oder Labor ist das Ganze mehr oder weniger unter einem wohldrapierten Mantel aus institutioneller Routine und dem bürokratisch anmutenden Gebaren der dort arbeitenden Personen versteckt.

Man bringt mich in eine Art nach einer Seite offener Wartezelle, mit einer durchgehenden, hölzernen Sitzbank an den Wänden. Ich ziehe meinen Mantel aus und nehme Platz. Einer der Polizisten, die mich begleitet haben, verlangt meinen Ausweis und gibt mir einen Zettel, auf den ich meinen Namen und meine Adresse schreiben soll. Ich komme der Aufforderung nach, und der Beamte verschwindet wieder. Gut über eine halbe Stunde bleibe ich allein. Ungefähr diese Zeit braucht es auch, bis sich die anfängliche Aufregung in mir gelegt hat. An ihre Stelle tritt zu meinem Erstaunen Langeweile und eine Art von Gleichgültigkeit. Ich habe mir in meinen Tagträumen eine mögliche Verhaftung spektakulärer vorgestellt. Aber die Wirklichkeit ist ernüchternd. Ich sitze in dieser Art Warteraum, dessen Wände und Fußboden mit einer helltürkisen Lackfarbe angestrichen sind, und der Raum wirkt dadurch steril, obwohl man, wenn man genauer hinschaut, sehen kann, wie schmutzig er ist. Es sind keine Zeichnungen oder Sprüche an

den Wänden, und auch in die Sitzbank ist nichts eingeritzt, nur ein kleines, blaues Kreuz entdecke ich, das irgendjemand da einmal mit einem Kugelschreiber hingemalt hat. Ich spiele mit dem Gedanken, das Buch hervorzuholen und darin zu lesen, so wie es manche Leute in den öffentlichen Verkehrsmitteln, zum Beispiel auf dem Weg in die Arbeit, machen, aber ich tue es dann doch nicht. Von meiner Position aus kann ich, wann immer dort die Tür geöffnet wird, in ein Büro sehen, in dem drei oder vier Uniformierte an einem Tisch vor ihren Kaffeetassen sitzen. Beuge ich mich etwas vor und schaue nach links, habe ich den Eingangsbereich im Blickfeld, wo, wie hinter einer gläsernen Portierloge, eine Politesse etwas in einen Computer tippt. Mehrmals kommen Beamte vorbei, manchmal mit Häftlingen an ihrer Seite, hauptsächlich Afrikaner und Araber, und die meisten sind noch sehr jung.
Nach einer Weile bringt man einen weiteren Verhafteten, allerdings in Handschellen, und setzt ihn neben mich auf die Bank. Er sieht aus wie ein Mann maghrebinischer Abstammung. Er wirkt aufgeputscht und aggressiv, und ein Blick in seine Augen verrät mir, dass er unter dem Einfluss irgendeiner Substanz steht. Er beginnt, die vorbeikommenden Polizisten lautstark zu beschimpfen, die ihn anfänglich noch scharf zurechtweisen, ihn dann aber bloß ignorieren. Als der Mann begreift, dass man ihn nicht beachten wird, wendet er sich mit der

Bitte an mich, ihm seine Kappe aufzusetzen, die neben ihm liegt und die er sich aufgrund seiner hinter dem Rücken fixierten Hände nicht selber aufsetzen kann. Ich erfülle ihm den Wunsch, und der Mann bedankt sich und versinkt darauf, mit zu Boden gesenktem Kopf, in ein Schweigen, das andauert, bis man ihn nach einer Viertelstunde woandershin führt.

Aus den vergitterten Zellen nebenan hört man hin und wieder Häftlinge laut werden. Mal fordert einer Wasser, mal flucht ein anderer über sein Schicksal, das ihm so übel mitspielt, oder beschimpft die Flics als dreckige Rassistenschweine, die es nur auf die Blacks abgesehen haben, was jedes Mal zur Folge hat, dass der Schimpfende im Handumdrehen von einem Polizisten in seine Schranken gewiesen wird.

Ein anderer Beamter als zuvor tritt auf mich zu, wieder mit einem Stift und einem Blatt Papier, und wieder soll ich Namen und Adresse notieren. Gleich darauf kommt eine Politesse mit einer jungen Frau und schiebt sie in den Raum. Die Frau setzt sich gegenüber von mir auf die Bank, rückt bis zur Ecke und fixiert dann regungslos einen Punkt an der Wand über meinem Kopf. Sie hat kurze, blond gefärbte Dreadlocks und ist wie ein Hippiemädchen gekleidet. Nach ungefähr fünf Minuten sieht sie mich unverwandt an, meint „Merde", und starrt dann wieder an die Wand. Ich warte ein paar Sekunden, räuspere mich und sage: Oui, merde.

Die junge Frau wirkt auf mich leider nicht attraktiv. Sie hat sehr blasse, unreine Haut, sieht aus wie rauschgiftsüchtig, und wahrscheinlich, überlege ich, ist sie auch wegen so einer Sache geschnappt worden. In meiner Phantasie verwandelt sie sich jedoch einen Augenblick lang in eine geheimnisvolle Schönheit, und ich spinne meine Gedanken weiter, dass wir, nachdem wir beide die ganze Geschichte hier hinter uns gebracht haben, uns in einander verlieben, und sollte nach Jahren einmal jemand fragen, wo wir uns denn kennengelernt hätten, würden wir verschwörerisch lächeln und sagen: Auf einem Kommissariat in Paris.
Aber das Drehbuch der Realität sieht weniger romantisch aus. Es sieht so aus, dass uns beiden nach eineinhalb Stunden, in denen wir kein Wort mehr miteinander wechseln und auch sonst niemand etwas von uns will, schließlich mitgeteilt wird, dass wir verschwinden sollen. Es ist, als ob auch von der Exekutive eine Gleichgültigkeit Besitz ergriffen hätte, als ob es nur dem Wahren eines öffentlichen Anscheins gegolten hätte, dass wir verhaftet worden sind.
Wir stehen auf, bekommen umstandslos unsere Ausweise ausgehändigt und werden von einem Polizisten bis zum Ausgang geführt. Ich, der vor der jungen Frau geht, halte ihr die Tür auf, und schon stehen wir beide draußen, vor dem Polizeikommissariat, am Rand des Stroms der Fußgänger, der zwischen dem Boulevard Sébastopol und dem

Eingang zur Métrostation Châtelet–Les Halles verläuft, und niemand schenkt uns besondere Aufmerksamkeit. Ich hole meine Zigaretten aus der Manteltasche und biete ihr eine an, aber sie sagt nur: Non, ça suffit pour aujourd'hui, salut! und taucht in die Menge der Passanten ein, die sich auf die Rolltreppen der Métro zubewegt. Ich blicke ihr nach, bis sie verschwunden ist, zünde mir dann mit bedächtigen Handgriffen eine Zigarette an, so wie sich Jean-Louis Trintignant eine anzünden würde, wenn er als Kommissar nach einem gelösten Fall, erschöpft aber zufrieden, seinen Arbeitsplatz verlässt, und setze mich dann betont langsam in Bewegung, um die Ecke, den Boulevard Sébastopol hinauf, erleichtert, aber doch ein wenig enttäuscht wie nach einer viel zu anspruchslosen Prüfung.

Höhenstraßengespräche

Das Rollen der Reifen auf den Pflastersteinen ist ein Singen, ein monotones Brummen. Es übertönt das auf leise gestellte Autoradio, das man also ganz abschalten könnte. Die Straße ist etwas feucht von den Regenschauern der letzten Stunden, und wenn man zu schnell fährt, schlittert man leicht in den Kurven. Ist man auf der Höhenstraße unterwegs, dann hat man von Anfang an kein Ziel gehabt und hat auch nach wie vor keines, und man wird den Eindruck nicht los, auf geheimnisvolle Weise in einer anderen Welt zu sein.
Wer zu sprechen anfängt, ist egal. Es handelt sich bei solchen wie uns um keine Diskussionsrunde, es bedarf keiner Vorstellung der Gesprächsteilnehmer, keiner Einleitung. Wenn eine wie du das erste Wort haben will, ist es einem wie mir nur recht, ergibt es sich anders, dann ist es auch in Ordnung.
Der Sommer hat seinen Höhepunkt überschritten. Die Blätter der Bäume rechts und links der Straße sind noch grün, aber schon ein wenig trocken und steif, und an den Blatträndern kann man die beginnende Verfärbung ahnen. Zwischen den Stämmen der Bäume im krautigen Unterholz blühen die Herbstzeitlosen, und da und dort blinkt das Rot einer weggeworfenen Coladose oder das Grün einer Flasche auf. Kaum andere Autos kommen

einem entgegen zu dieser Tageszeit, an diesem Wochentag, und die wenigen Spaziergänger sind fast ausnahmslos Pensionisten. Die Luft ist noch sommerwarm, aber an manchen Stellen weht einen etwas Kalthauchiges an, als würde man am Eingang einer Höhle vorbeifahren.

Worüber man während der Fahrt spricht, spielt keine Rolle, denn es ist auf jeden Fall nichts, was ohne Belang wäre. Das hohe Dröhnen des Pflasters ist wie das Rauschen von Wind und Meer: Es ermuntert, die Wahrheit zu sagen. Eine wie du fragt, und einer wie ich antwortet, oder es ist umgekehrt. Die Höhenstraße ist wie für uns gemacht, denn sie führt zu unserem Glück so gut wie nirgendwohin, wenn man weiß, welche Wege man nehmen muss. Die Strecke, ihre Steigungen und Kurven, sind uns vertraut, so wie wir einander vertraut sind. Der Duft deines Parfums oder die Lage des Parkplatzes dort, diese Weggabelung da oder die Art zu lachen, es vermengt sich alles zu einer einzigen großen Vertrautheit, und einer wie ich fühlt sich sicher und behütet im Wissen um die Geschwindigkeit seines Reaktionsvermögens. Alles, was geschieht, geschieht wie von selbst.

Ob man spricht, nicht doch lieber schweigt, ist einerlei, denn auch das Schweigen bekommt keine Chance, eine Lüge zu beherbergen. Nur, dass ich dann und wann plötzlich gerne mit dem Auto in den Wald fahren oder dich unvermittelt umarmen möchte, das löst sich im Schweigen auf wie ein

Tropfen Salzwasser in einem Süßwassersee. Manche Worte spinnen einen Kokon um das Schweigen, aber auch darin findet keine Lüge Platz.
Auf der Höhenstraße gibt es keine Reklamewände, keine Riesenplakate, die für den neuen Chickenburger oder den Papstbesuch oder ein Deodorant oder einen ultraschnellen Internetzugang werben, es gibt auch keine Konterfeis von Politikern und keine Monitore mit Laufschrift, auf denen man Gedichte lesen kann wie unten in der Stadt. Das bringt mit sich, dass man sich nicht verstellen muss, man denkt abseits von Ablehnung oder Zustimmung. Dafür ist die Höhenstraße da, und deswegen fährt man mit dem Auto dort oben umher, und es ist egal, wer zuerst spricht, und wenn man spricht, spielt es keine Rolle worüber, und es ist auch einerlei, wenn man schweigt, es fährt die Höhenstraße einem schon zärtlich über den Mund, so wie ich vielleicht über deinen, denn in diesem Zeitraum ist es, als wäre das, was vorbei ist, noch nicht einmal geschehen, und so ist, was sonst zwingt, erlässlich.
An der Endhaltestelle des Busses, beim Parkplatz unter dem Schloss könnte man Halt machen und aussteigen und sich ein bisschen umsehen und Fotos schießen, aber solche wie wir sind nicht zum Spaß da. Eine wie du am Beifahrersitz, einer wie ich hinterm Steuer oder umgekehrt, je nachdem, wer wen zum Mitfahren einlädt. Jetzt sind die Kehlen heiser vom Schweigen, die Musik ist mittlerweile auch schon versiegt, nur das Summen des

Pflasters unter den Reifen ist noch da, nicht mehr lange allerdings, denn wir haben ja kein Ziel gehabt, und die Höhenstraße führt zu unserem Glück so gut wie nirgendwohin, wenn man die richtigen Wege kennt, und als Beispiel für die Wirklichkeit sehen wir jetzt einander an, und ein paar Meter weiter der Blick auf den Wiesenhang, wo die Kinder ihre Drachen steigen lassen, und später, schon fast ganz unten dann, wie als Rückerstattung des Pfandes, ein umgestürztes Motorrad und seinen Fahrer, der wie eine von weit oben fallengelassene Marionette im Straßengraben liegt, und manchmal gibt es einen Weg, dessen Verlauf sich erst durch die Erinnerung festlegt, aber würde man einen wie mich oder eine wie dich vor die Entscheidung stellen, es wäre das Ende.

Der Nichtsdestotrotzraum

Der Raum, in dem ich mich befinde, hat viele Ausgänge. Es ist sogar so, dass die Ausgänge im Vergleich zu den Wänden in der Überzahl sind. Und selbst die Wände sind in gewisser Hinsicht Ausgänge, nur mit umgekehrtem Vorzeichen. Eigentlich wird dem Raum, in dem ich mich befinde, nur durch die Ausgänge seine Form gegeben. Man könnte sagen, dass dieser Raum ausschließlich aus Ausgängen, aus Ausgängigem besteht, und trotzdem gelingt es mir nicht hinauszukommen. Das Schlimmste dabei sind die Geräusche. Folgendes Beispiel mag als Erläuterung dienen:
Jüngst lag ich um die Mittagszeit auf meiner Couch und las ein wissenschaftliches Buch über die deutsche Romantik, als ich Laute vernahm, die ich im Zug der ersten Assoziation mit spielenden Kindern in Verbindung brachte. Spielende Kinder, ein Streit, Tränen, eine Alltagssituation also, der man als Unbeteiligter nicht mehr Bedeutung zumisst als einem bellenden Hund. Man braucht hierbei nicht das Gefühl haben, reagieren zu müssen. Der Umgang mit einer derartigen milden Krisensituation obliegt im Normalfall den von der Gesellschaft als solchen respektierten Erziehern.
Das Haus, von dem meine Wohnung ein Teil ist, ist seinerseits Teil einer größeren Wohnhausanlage,

die wiederum aus mehreren zusammenhängenden Häuserblocks besteht. Die verschachtelte Anordnung der Wohnungen sowie der Umstand, dass weder ich noch meine Nachbarn das pflegen, was man sozialen Kontakt nennt, sind dafür verantwortlich, dass ich nicht weiß, wer neben, über oder unter mir wohnt. Solange keine gröberen Unfälle passieren wie ein Wasserrohrbruch beispielsweise, der auch eine andere Wohnung in Mitleidenschaft zieht, muss man den Eindruck haben, dass alle Hausparteien vor allem eines bevorzugen: möglichst wenig mit anderen Mitbewohnern zu tun haben zu müssen. Freilich übernimmt man hie und da ein Paket für jemanden oder hält hin und wieder einem bekannten Gesicht die Haustüre auf, aber darüber hinaus geschieht auf sogenannter nachbarschaftlicher Ebene nicht viel. Die Gesichter sind eben höchstens vertraut in dem Sinn, dass man sich an sie gewöhnt hat. Wer hinter dem Gesicht wohnt, bleibt unerforscht und ein Feld für Vermutungen. Ich zahle die Miete, lasse ein-, zweimal im Jahr den Mann herein, der Strom und Gas vom Zähler abliest, stecke dem Briefträger zu Weihnachten einen Geldschein zu, und das ist auch schon alles. Alle zwei Wochen reinigt ein Angestellter einer Putzfirma die Treppen. Feinde habe ich keine im Haus und Freunde erst recht keine.
Ich schenkte also in diesem Fall den Lauten, die ich hörte, keine weitere Beachtung, sondern fuhr fort, im Buch den Abschnitt über den Revolutions-

enthusiasmus der deutschen Frühromantiker zu lesen. Gerade dachte ich über dieses Zitat von Georg Forster nach: *Brand und Überschwemmung, die schädlichen Wirkungen von Feuer und Wasser, sind nichts gegen das Unheil, das die Vernunft stiften wird*, da begann das Gequengel von neuem. Es klang jetzt so, als wäre eines der Kinder dabei, dem anderen wirklich weh zu tun. Die Stimme des Kindes, das sich da so abwehrend und jammernd beklagte, konnte ich eindeutig als die eines Mädchens identifizieren. Ich erwartete in den nächsten Sekunden das zurechtweisende, tiefe Organ eines Elternteils, das dem Radau der Streithähne Einhalt gebieten würde, aber nichts dergleichen passierte. Im Gegenteil, das Flehentliche im Tonfall der Mädchenstimme wurde dringlicher, und ich hatte einen kleinen, verzogenen Bengel vor Augen, der da seine arme Schwester triezte, indem er an ihren Zöpfen zog oder sie ins Ohrläppchen kniff, da schoss mir plötzlich der furchtbare Gedanke durch den Kopf, dass es vielleicht kein andcres Kind war, das dem Mädchen Schmerzen zufügte, sondern ein Erwachsener. Ich klappte das Buch zu, legte es auf den Couchtisch und lauschte atemlos. Nichts mehr war zu hören. Ich blickte in die Ecke des Plafonds über mir, so als könnte ich durch das Mauerwerk hindurchsehen. Dabei konnten die Laute genauso gut auch von unten kommen oder von einer der beiden Wohnungen, die jeweils links von mir, am Kopfende der Couch an mein

Wohnzimmer grenzten. Ich saß eine Weile regungslos da und horchte angespannt, aber der Spuk schien vorüber zu sein, und ich griff schon wieder zum Buch, um die Lektüre fortzusetzen, da begann das Wimmern aufs Neue. Es war sehr deutlich zu hören, als würde es nur wenige Meter neben mir stattfinden. Ich stand auf und stieg mit klopfendem Herzen auf die Couch, um der nicht klar zu verortenden Geräuschquelle wenn möglich näher zu sein. Es war der Augenblick, wo mein Interesse in Besorgnis umschlug. Ich konnte die flehende Stimme eines Mädchens hören, mit dem etwas angestellt wurde, dass ihm Schmerzen verursachte. Der Gedanke an eine Hausgeburt flackerte kurz in meinem Kopf auf, aber das wiederholte „Nein! Nein!" ließ mich den Gedanken schnell verwerfen. Das Klagen und Stöhnen ging über zu einem Japsen, das schließlich dermaßen dem Jaulen eines verwundeten Hundes glich, dass mir ein Schreckensschauer durch den Körper lief. Dann war es auf einmal wieder still.

In der nächsten Minute überlegte ich in wirren Gedankensprüngen, wie ich darauf reagieren sollte. Ich konnte nach wie vor nicht lokalisieren, woher die Quallaute stammten. Und nach wie vor war ich mir im Unklaren, was da hinter einer der Mauern vor sich ging. Mein erster Reflex war, gegen die Wand zu klopfen und „He!" zu rufen. Aber wenn es tatsächlich der Fall war, dass da jemand ein Kind quälte, wäre es da nicht eher vonnöten, die Polizei zu verständigen? Ich blickte auf das Telefon, das neben dem Buch auf dem Couchtisch lag. In Sekundenschnelle sah ich die Szenen vor mir, die sich abspielen würden, wenn ich bei der Polizei anriefe: zuerst das umständliche Erklären am Telefon, dann die Beamten, die in meine Wohnung kämen, und ich, der vor ihren Augen auf die eine Ecke meines Wohnzimmers deuten und erklären würde, dass von da die ominösen Laute gekommen seien. Ich rang mit mir, ob ich mich dieser Situation, der etwas von Sich-lächerlich-Machen anhaftete, aussetzen sollte, aber da ich ahnte, dass ich mir im Nachhinein nicht verzeihen könnte, nichts unternommen zu haben, wusste ich, dass ich die Gefahr der Lächerlichkeit in Kauf zu nehmen hatte. Ich war knapp davor, zum Telefon zu greifen, als die Schreckenslaute wieder einsetzten. Es war nun eindeutig, dass da jemand Schmerzen erdulden musste. Mit angehaltenem Atem lauschte ich angestrengt, in der Hoffnung, eine zweite Stimme, nämlich die des Quälers, zu vernehmen, aber diese ließ sich nicht hören. Ich kannte meine Angewohnheit, in außergewöhnlichen Situationen überzureagieren, aber in diesem Fall fand das Ungeheuerliche nicht in meiner Phantasie, sondern in der Wirklichkeit, wenige Meter von mir entfernt, statt.

Es mag mir in der Erinnerung daran schändlich vorkommen, aber erst durch den Umstand, dass ich mir, wie ich da auf der Couch stehend mein

Ohr dicht an die Mauer hielt, meines leicht anschwellenden Glieds bewusst wurde, kam mir der Einfall, dass diese Stimme möglicherweise nicht die eines kleinen Mädchens, sondern die einer Frau sein könnte. Es war ein seltsamer Moment. Ich wusste nicht mit Bestimmtheit, ob dieser Gedanke aus Faulheit, Scheu, die Polizei einzuschalten, oder einem Anflug von Geilheit resultierte. Wenn die gequälte Stimme doch nur nach Hilfe gerufen hätte, dann wäre die Angelegenheit klar gewesen, und ich hätte keine Sekunde gezögert, die Polizei zu informieren, aber es blieb bloß beim schmerzvollen Jammern und dem immer wieder hervorgepressten „Nein! Nein!", und plötzlich baute sich vor meinem geistigen Auge das schemenhafte Bild von einem Pärchen aus meiner Nachbarschaft auf, das in seiner gemeinsam praktizierten Sexualität dem Sadomasochismus einen Platz eingeräumt hatte, was bedeuten würde, dass die Marter der Frau, die ich da von irgendwoher durch die Mauern hörte, mit ihrer Einwilligung geschah. Es konnte doch sein, dass sie zum Beispiel ans Bett gefesselt war und sich, einem Wunschtraum nach, von ihrem Partner quälen ließ. Womöglich fand sie die Erfüllung ihrer Lustphantasien in der totalen Unterwerfung, und ihr Schmerzensgewimmer war Teil des Spiels, ausgelöst durch Brustwarzenklemmen oder die absichtlich brutale Analpenetration durch ihren geliebten und zugleich gefürchteten Folterknecht. Ich strengte mich nochmals an, irgendwie

herauszuhören, ob diese Stimme die einer jungen Frau oder die eines Kindes war, aber es gelang mir wieder nicht, denn beides schien möglich. Das Geschehen hinter der Wand fand jetzt seinen Höhepunkt in einem schrillen und doch, so kam es mir vor, verhaltenen Schrei, dann war es still.
Ich wusste immer noch nicht, was ich unternehmen sollte. Ob ich überhaupt etwas unternehmen sollte. Ich wartete eine Minute, zwei Minuten, es blieb still auf der anderen Seite. Ich legte ein Ohr an die eine und dann an die andere Mauer, aber nichts. Genau in dem Augenblick, als ich von der Couch herunterstieg, setzte plötzlich im Innenhof, zu dem die Fenster meines Wohnzimmers führen, das sehr laute Kreischen einer Kreissäge ein. Schon seit geraumer Zeit fanden im Haus Umbauarbeiten statt, und anscheinend war gerade die Mittagspause zu Ende, und die Handwerker begannen wieder mit ihrer Arbeit. Es war nun absolut unmöglich, etwas anderes als die Kreissäge zu hören, und ich ahnte aus der Erfahrung der letzten Wochen heraus, dass das noch ein paar Stunden so weitergehen würde. Ich setzte mich wieder auf die Couch und griff nach dem Buch über die deutsche Romantik, aber ich schlug es nicht auf, sondern hielt es nur in den Händen. Was ist da falsch gelaufen?, dachte ich. Ich hatte das Gefühl, versagt zu haben. Ich dachte daran, dass ich, hätte ich keine Ahnung davon, dass sadomasochistische Sexualpraktiken existieren, zweifelsohne die Konsequenz

aus den Geräuschen aus der Nachbarschaft gezogen und die Polizei gerufen hätte. Aber da ich davon wusste, musste ich ja auch diese Eventualität in Erwägung ziehen. Und vielleicht hatte es sich ja nur um ein laut geschaltetes Sexvideo gehandelt, überlegte ich. Würden nun zwei Beamte in meinem Wohnzimmer stehen, wäre jeder Aufklärungsversuch sinnlos. Was sollte ich sagen? Aufgrund der Kreissäge konnte man kaum sein eigenes Wort verstehen. Und was würden die Polizisten tun? Bei allen in Betracht kommenden Nachbarn anklopfen und fragen, ob hier jemand misshandelt worden sei? Ich fühlte umso stärker, dass ich auf irgendeine Weise versagt hatte.

Ich lag dann eine Weile bewegungslos auf der Couch, das Buch zwischen meinen Fingern, und dachte darüber nach, wie es soweit hatte kommen können. Ich stieß dabei auf einige mögliche Antworten, aber ein konkretes Moment der Schuld konnte ich nicht ausfindig machen. Da fiel mir auf einmal eine Begebenheit ein, die sich vor einigen Jahren zugetragen hatte. Ich war damals im Winter mit dem Auto in der Nacht auf einer Landstraße unterwegs gewesen, als mir ein entgegenkommendes Auto auffiel, das allem Anschein nach eben noch mitten auf der schneebedeckten Fahrbahn angehalten hatte und sich erst, als ich mich mit meinem Auto näherte, wieder in Bewegung setzte. Nach knapp fünfzig Metern wusste ich auch warum, denn im Vorüberfahren bemerkte ich einen sichtlich angefahrenen Hasen, der wie betäubt auf der Straße hockte. Das dafür verantwortliche Auto sah ich im Rückspiegel verschwinden, und auch ich fuhr weiter, aber schon nach wenigen Sekunden fühlte ich in mir die Regung, dem Tier zu helfen. Und doch zögerte ich. Ich begann nämlich, mir das alles auszumalen. Wo sollte ich hier umkehren? Wie sollte ich den Hasen mitnehmen, ohne dass er mich beißt? Wo sollte ich, um diese Zeit, fast Mitternacht, einen Tierarzt finden? Würde man nicht denken, dass ich es gewesen bin, der das Tier angefahren hatte? Ich versuchte, mich auf die gnadenlosen Gesetze der Natur auszureden, nach denen Leben und Sterben funktioniert, und wog in meinem Geist das Für und Wider einer Rettungsaktion ab, wobei die Argumente, die dagegen sprachen, überwogen, aber es blieb ein Schmerz in meiner Seele, von dem ich wusste, dass ich ihn auch nach hunderten von Kilometern nicht loswerden würde. Bei der nächsten Gelegenheit kehrte ich um und fuhr den Weg zurück bis zu der Stelle, wo vor fünf Minuten der verletzte Hase gehockt hatte. Das Blut im Schnee auf der Fahrbahn war noch zu sehen, aber das Tier war verschwunden.

Der Wasserfall

Der Einstieg in das Flussbett war nicht mehr als ein Schritt in eine knapp drei Meter breite Senke zwischen den Bäumen. Es war kaum zu glauben, dass es sich um die letzte Ausformung eines Wasserfalls handeln sollte, denn das Flussbett war trocken, staubtrocken sogar, wie wir feststellen konnten, als wir uns niederknieten, um den Boden abzutasten. Wir waren elf Personen: die vierköpfige Familie, die die Teilnahme an der Reise, dem Trip, der Expedition, oder wie immer man es nennen will, bei einem Preisausschreiben gewonnen hatte, dann die zwei Reporter, ein Mann und eine Frau, deren Aufgabe war, die ganze Unternehmung zu dokumentieren, weiters drei Träger aus der Gegend und zu guter Letzt wir, das Paar, nur durch Zufall mit von der Partie. Wir gingen von Anfang an im Gänsemarsch. Trotz der frühen, kühlen Tageszeit war unsere Kleidung bald nass vom Schweiß, und wir waren froh, als wir nach eineinhalb Stunden Wanderung durch das trockene Flussbett endlich zu der Stelle kamen, wo die Erde feucht wurde, wo der Wasserfall tatsächlich versickerte und somit sein letzter Ausläufer sichtbar wurde. Wir zogen unsere Schuhe aus, um fortan bloßfüßig im bald knöchelhohen Wasser vorwärtszukommen. Schmetterlinge, ultramarinblau glänzend, tanzten über und neben uns, wie um uns willkommen zu heißen. Libellen schwirrten vor uns dahin, als würden sie sich uns als Wegführer anbieten. Frösche und Schlangen flitzten, sobald wir in ihre Nähe kamen, davon, unter das Laub, das sich am Ufersaum gesammelt hatte. Es war angenehm, barfuß durch das Wasser zu waten, auch fühlte sich der Kies, auf den unsere Füße bei jedem Schritt traten, ein bisschen so an, als würden wir einen Strand entlanglaufen. Die Luft war von einem milden Sausen erfüllt, eine Art von Stille, die sich in Wahrheit aber aus filigransten Klanggebilden zusammensetzte, dem Knistern der Libellenflügel und dem Geräusch, das die Wasserläufer machten, wenn sie ihre dünnen Beine auf die Wasseroberfläche setzten, und dem Wind, der als Hauch durch die Spinnennetze fuhr. Einmal nur schreckten wir alle gemeinsam auf: Das Mobiltelefon von einem der beiden Reporter hatte einen Doppelpiepton von sich gegeben, woraus wir schließen konnten, dass wir noch Empfang hatten. In der folgenden Stunde allerdings passierte das erste Malheur. Eben dieser Reporter, in das Tippen und Lesen von Kurznachrichten vertieft, fiel mit der Zeit immer mehr nach hinten ab, bis er auf einmal nicht mehr zu sehen war. Wir nahmen diesen Umstand zur Kenntnis und beratschlagten, eine kurze Rast zu machen, um ihm die Chance zu geben, uns einzuholen, aber da auch nach einer halben Stunde nichts von ihm zu sehen war, mussten wir ihn wohl oder übel abschreiben und setzten uns wieder in Bewegung. Nach ungefähr zwei Stunden – es war Mittag, und die Sonne stand hoch über dem Blätterdach – hatten wir, nachdem das Wasser ein paar Kilometer unter der Erde geflossen war, den zweiten Einstieg, den in das eigentliche Wasserfallflussbett, erreicht. Hier begann das Wasser stellenweise tief zu werden, und unsere Träger fixierten mithilfe von Gurten, die sie unter den Achseln durchführten, die Packen und Rucksäcke auf dem Kopf, um nötigenfalls auch schwimmend nichts von unserem Gepäck zu verlieren. Diese Stelle sah ein wenig aus wie der Eingang zu einer Höhle, denn rechts und links ragten hohe, sich einander zuneigende Felswände empor, und man konnte sich ausmalen, dass in der Regenzeit der Fluss wie in einem Canyon meterhoch talwärts schießen musste. Es war das erste Mal, dass wir bei unserem Vorhaben so etwas wie Ehrfurcht empfanden, vielleicht war es auch Furcht. Und es war das erste Mal, dass die beiden Kinder der Familie ein wenig zu quengeln begannen, sie hätten Hunger und ihre Füße täten ihnen weh und was Kinder halt so auszusetzen haben, um die Aufmerksamkeit der Erwachsenen auf sich zu ziehen. Mit Erleichterung konnten wir jedoch feststellen, dass ihre Eltern sich auf keine Sonderwünsche einließen. Forsch fuhren sie ihren Sprösslingen über den Mund und stellten ihnen eine Pause und eine Wegzehrung in nicht allzu ferner Zukunft in Aussicht, und damit sei, so das Elternpaar im Originalton, die Diskussion ein für allemal beendet. Wir hielten uns also nicht weiter auf, zogen uns nur schnell um, gaben unsere abgelegte Kleidung den Trägern zusätzlich zum Verstauen, und dann ging es, die Herren in Badehose, die Damen in Bikini oder Badeanzug, los, flussaufwärts, Richtung Wasserfall. Die ersten Schritte waren vorsichtige, wie wenn man von einem Ufer in ein unbekanntes Meer oder in einen dunklen See steigt, und da das Wasser opak war, konnte man die Tiefe nicht abschätzen, sondern nur auf gut Glück einen Fuß vor den anderen setzen. Die ersten Meter reichte uns das Wasser höchstens bis an den Nabel oder bis zur Brust, dann wurde es wieder etwas flacher. Schwierig war es freilich für die Kinder, die nicht schwimmen konnten. Sie waren auf ihre Eltern angewiesen, an die sie sich weinend klammerten. Das wiederum wurde von diesen mit einem teils amüsierten, teils verächtlichen Gelächter quittiert, wodurch sich die Kinder aber nicht von ihrer etwas zur Schau getragenen Ängstlichkeit abbringen ließen. Wir schenkten einander diesbezüglich nicht viel Aufmerksamkeit, schließlich hatte jeder selbst darauf zu achten, wo er blieb, so stand es im Vertrag, und daran hatten wir uns zu halten. Ab diesem Zeitpunkt begann uns unsere Expedition Spaß zu machen. Der Weg war nicht zu steil, mal schwammen wir, mal stapften wir durch seichte Stellen, und einige Male mussten wir über Felsen klettern, was für die, die die nötige Akrobatik beherrschten, ein regelrechtes Gaudium bedeutete. Erst bei einer circa zehn Meter hohen Felswand schien es plötzlich nicht mehr weiterzugehen. Wir legten eine Rast ein, und einige von uns ließen ihre Körper auf einem vorgelagerten Felsen trocknen, während die übriggebliebene Reporterin unablässig Fotos von uns schoss, aus allen möglichen Entfernungen, mit den unterschiedlichsten Objektiven, teilweise auch unter Wasser. Es schmeichelte unserer Eitelkeit, denn sicherlich sahen wir inmitten dieser Umgebung aus wie Eingeborene oder Urzeitmenschen, von der Zivilisation noch nicht korrumpierte Geschöpfe, edle Diener von Göttern der Genügsamkeit und der besinnungslosen Raserei. Während wir uns ausruhten und scheu in die Kamera lächelten, kletterte einer unserer Träger behände wie ein Affe die Felswand hoch, schlang oben ein Seil um einen Baumstamm und ließ es hinunter, sodass für unser Weiterkommen gesorgt war. Nach einer Weile zogen wir uns der Reihe nach am Seil hoch. Für die sportlichen unter uns kein Problem, doch schon die Reporterin schaffte es trotz ihres durchtrainiert wirkenden Körpers nur knapp, und die Familienmutter ließ sich nach nicht einmal einem Drittel der Seillänge fallen und plumpste ins Wasser. Von den Kindern ganz zu schweigen, die blass und heulend unten auf dem Felsen hockten und ihren Eltern bei Gott keine Ehre machten. Der Vater, der bereits bei uns anderen oben stand, schien noch zu überlegen. Er hatte alles versucht, hatte den Rest seiner Familie ermuntert, getröstet, beschimpft und verflucht, aber es half nichts. Er warf uns den um Verzeihung bittenden Blick eines zutiefst Gekränkten zu, seufzte, spuckte dann verächtlich aus und sprang wieder hinunter zu seiner Familie. Wir hörten noch das Aufklatschen des Körpers am Wasser, dann war auch dieses Kapitel abgeschlossen. Derselbe Träger, der zuvor hinaufgeklettert war, zog das Seil hoch, rollte es zusammen, und ohne großartige Verabschiedungszeremonien wanderten wir weiter, nunmehr zu sechst. Der Vorteil war, dass es jetzt, ohne Kinder, deutlich zügiger voranging. Man sah oben, hoch über unseren Köpfen, kaum mehr etwas von der Vegetation, so schmal war der kleine Canyon, in dem wir uns befanden. Zwischen nackten Felsen, in deren von der Strömung ausgewaschenen Rinnen wir Halt fanden, kletterten wir der Quelle entgegen. Merkwürdigerweise waren die Felsen nicht glitschig, kein Moos wuchs auf ihnen, sodass man meist nur durch geschicktes Ausbalancieren sowie durch gezielte Sprünge seinen Weg finden konnte. Natürlich spürten wir jetzt allmählich unsere Muskeln, aber noch war es ohne allzu große Mühsal, und wir genossen die durchaus als sportlich zu bezeichnende Betätigung. Manchmal hielten wir inne, um womöglich schon etwas vom Brausen des Wasserfalls, den wir in unbestimmter Ferne wussten, zu vernehmen, aber nie konnten wir mit Sicherheit sagen, ob es der Wasserfall oder das Rauschen des Blutes in unseren Ohren war, was da so verhalten klang. Ansonsten hörten wir nur in regelmäßigen Abständen das Klicken der Kamera der Reporterin, unterbrochen von kurzen Pausen, in denen sie in eine Art Patronengurt griff, wasserdicht und farblich auf ihren Bikini abgestimmt, um eine neue Speicherkarte in die Kamera einzulegen. Unsere Träger hatten seit dem Morgen kaum ein Wort miteinander gewechselt, und wir als Paar kamen ja auch ohne Kommunikation aus, was möglicherweise für uns beide ohnedies der Idealzustand war. Am mittleren Nachmittag zwang uns der Hunger zu einer Rast. Auf einem Felsvorsprung wickelten wir unsere Brote aus und sogen den Nektar aus den mitgebrachten Tetrapacks und Dosen. Den Trägern war hiervon nichts gut genug. Bot man ihnen einen Bissen an, lehnten sie süffisant lächelnd ab und kauten stattdessen lieber an ihren grünlichweißen Stängeln herum, die sie aus dem Boden zogen, oder steckten sich schnell einen Käfer, der ihnen über die Zehen lief, in den Mund. Satt, doch nicht übersättigt brachen wir wenig später wieder auf. Vor uns lag eine längere Strecke tiefen Gewässers, durch das wir nur schwimmend gelangen konnten. Erst nach zwanzig Minuten wurde es wieder seichter. Dass die Reporterin abgängig war, bemerkte ich erst eine Stunde später, als mir unterbewusst auffiel, dass ich irgendein Geräusch vermisste, und während mir in den Sinn kam, dass es das Auslöserklicken der Kamera der Reporterin war, und ich mich nach ihr umdrehte, stellte ich fest, dass sie fehlte. Die Anfrage bei den Trägern blieb ergebnislos. Einer von ihnen meinte, er habe sie zuletzt schwimmend gesehen, das Auge wie immer im Sucher der Kamera, also habe er sich nichts weiter gedacht und sei seinerseits weitergeschwommen. Auch diesmal beschlossen wir, eine halbe Stunde zu warten, keine Sekunde länger. Als sie nicht und nicht auftauchte, waren wir ein wenig bestürzt, vor allem der zahlreichen schönen Fotos wegen, die jetzt vermutlich für immer verloren waren. Doch dann fingen die Probleme erst richtig an. Nach einem kurzen Wortwechsel untereinander setzten uns die Träger davon in Kenntnis, dass sie nicht länger mitkommen wollten. Weder Bitten noch Geld noch Drohungen konnten sie umstimmen. Wie störrische Esel, die sich weigern, ihren Dienst zu tun, rührten sie sich nicht mehr von der Stelle. Hätte es etwas genutzt, hätten wir sie mit Stockhieben weitergetrieben, aber sie waren zu dritt, und sie waren stärker. Wir wussten nicht, was wir tun sollten. Wir vermuteten eine Art Tabu als Grund für das asoziale Verhalten der Träger, eine verbotene, heilige Zone, deren Grenze sie nicht überschreiten wollten, und im darauffolgenden Beratschlagen kamen wir zum Schluss, dass in so einem Fall nichts helfen würde und wir also auf eigene Faust weitermussten. Wie groß war unser Erstaunen, als uns einer der Träger als Antwort auf unsere

Frage, ob ihre Weigerung, den Marsch fortzusetzen, auf religiöser Überzeugung beruhte, ins Gesicht lachte, abwinkte und lakonisch erklärte, dass sie einfach keine Lust mehr hätten, dass sie schon den halben Tag gelaufen seien, dass heute am Abend ein für sie sehr bedeutsames Fußballspiel im Fernsehen gezeigt werde und dass sie sich deshalb unverzüglich auf den Rückweg machen würden. So schnallten sie ihre Rucksäcke ab, retournierten, was uns gehörte, winkten uns freundlich zu und ließen uns, unter Johlen und Gelächter flussabwärts laufend, allein zurück. Eigentlich hätte uns dieses Verhalten den Rest geben müssen, aber komischerweise fühlten wir uns plötzlich wie von einem Gewicht befreit. Es hätte nicht viel gefehlt, und wir hätten einen Freudentanz veranstaltet, aber wir ließen es mit einer kurzgehaltenen Umarmung gut sein. Und schon waren wir wieder unterwegs, immer noch umgeben von der herrlichsten Natur, die man sich träumen lassen konnte. Als die Hitze des Nachmittags schon merklich abgenommen hatte, fühlten wir beide mit einem Mal, dass es nun auch für uns an der Zeit war, uns zu trennen. Zwar war die knallharte Realität einer weiteren Felswand, von der wir wussten, dass nur einer von uns beiden aufgrund seiner Muskelkraft dazu imstande sein würde, sie ganz zu erklimmen, letztlich ausschlaggebend, dass unsere Zweiheit sich auflöste, aber die Notwendigkeit dazu hatten wir wohl schon früher, unausgesprochen, wachsen gefühlt. Wir sahen einander am Fuß der Wand lange in die Augen, küssten uns innig, und wenig später waren wir durch gut fünfzehn Meter fast senkrecht abfallenden Steins getrennt. Wir ahnten beide, dass keiner von uns einen Gedanken daran verschwendete, was aus dem anderen werden würde, und setzten unseren Weg, der in entgegengesetzte Richtung führte, fort. Nach Stunden des Gehens und Kletterns war bereits die herannahende Dämmerung zu spüren. Die Sonnenstrahlen fielen flacher in die Wipfel der Bäume, und auch die Geräusche des Waldes hatten sich im Vergleich zu untertags geändert. Hier und da waren Vogelgezwitscher und Laute, die wie das Flaschenhalsblasen auf einer sehr großen und bauchigen Flasche klangen, zu vernehmen, und nach wie vor konnte man nicht mit Bestimmtheit sagen, ob das vermeintliche Rauschen des Wasserfalls merklich nähergerückt beziehungsweise ob es überhaupt schon zu hören war. Zwar wurde die Strömung des Flusses stärker und das Flussbett breiter, aber es schien aus einem unerklärlichen Grund unmöglich zu bestimmen, wie lange die Reise, der Trip, die Expedition, oder wie immer man es nennen wollte, noch dauern würde, der Weg zumindest brachte einen unbarmherzig weiter durch den Wald, und nach jeder Biegung des Flusslaufs, in der man sich vielleicht die Hoffnung aufgebaut hatte, endlich über das Ziel Aufschluss zu erlangen, kam wieder nur der Ausblick auf die nächste Flussstufe oder Flussbiegung, und auch bei den Schmetterlingen und Fliegen und Libellen, die einem vor der Nase herumflatterten, schien es sich stets um dieselben zu handeln, die einen belustigt betrachteten und foppten, indem sie immer einen Hauch zu schnell oder zu weit weg waren, als dass man sie fangen oder verscheuchen hätte können. Als dann allmählich das ständige Zirpen der Grillen verstummte, wälzte sich mit der nun immer rascher voranschreitenden Dämmerung auch etwas anderes, Großes, Unruhiges über den Wald und den Fluss, und das erste Mal auf dem ganzen Weg hatte ich das Gefühl, nicht allein zu sein, und ich hielt aus eigenem Willen inne und drehte ganz langsam meinen Kopf, um endlich zu sehen, um endlich zu sehen, um endlich zu sehen.

Samadhi

Es fing damit an, dass ich eines Morgens vor einiger Zeit beim Frühstück zu meiner Frau sagte, dass die Eier aus dem Supermarkt nach nichts schmeckten und dass es nichts anderes als eine Augenauswischerei sei, sie auch noch als Bio-Produkt zu verkaufen. In der Tat, mein Frühstücksei schmeckte nach rein gar nichts. Ich könnte ebenso gut den Karton der Milchpackung essen, da hätte ich genauso viel davon, setzte ich hinzu und begann, das Ei zu salzen. Meine Frau musterte mich argwöhnisch und kostete ihr Ei, bevor sie mir mitteilte, dass sie die Eier auf einem Bauernmarkt gekauft habe und dass man doch an dieser schönen Farbe des Eigelbs sehe, dass sie von glücklichen Hühnern gelegt worden seien, und im Übrigen, meinte sie, schmeckten sie köstlich und sie wisse nicht, was ich da schon wieder auszusetzen hätte. Ich murmelte etwas über die längst gängigen Betrügereien auf solchen Bauernmärkten und griff noch einmal nach dem Salz, als meine Frau fragte, ob ich es denn mit dem Salzen nicht übertriebe, aber nachdem ich von meinem Ei gekostet hatte und noch immer nichts schmecken konnte, salzte ich ein weiteres Mal und verkündete schließlich, dass dieses Salz ein Drecksalz sei, so etwas von unausgiebig, da brauche man ja pro Ei eine Tasse. Meine Frau tauchte einen

Finger ins Salz und steckte ihn in den Mund. Spinnst du?, sagte sie, das ist ganz normales Salz. Ich schmecke jedenfalls nichts davon, erwiderte ich und trank meinen Kaffee aus, der mir, abgesehen von der Farbe, pures Wasser zu sein schien und auch so roch. Ich sagte aber nichts mehr. Bei einem Blick auf die Uhr sah ich, dass ich gut in der Zeit lag. Die Pressekonferenz war für zehn Uhr anberaumt worden, um acht sollte ich im Büro eintreffen, und es war genau halb acht. Ich räumte meinen Teller und die Tasse in die Abwasch, packte alle nötigen Unterlagen in meinen Aktenkoffer, band mir die Krawatte um, zog die Schuhe an und verabschiedete mich mit einem Kuss von meiner Frau. Als ich im Begriff war, die Tür hinter mir zu schließen, hörte ich sie noch etwas sagen, aber ich hatte es nicht verstanden, also öffnete ich die Tür wieder ein Stück und fragte: Wie bitte?, aber meine Frau ihrerseits schien mich nicht zu hören, und auch ein zweites Nachfragen brachte keine Antwort, also ließ ich es gut sein und machte mich auf den Weg. Die Strecke von unserer Wohnung zur Parteizentrale war zu Fuß in gut zwanzig Minuten zurückzulegen. Ich genoss den Spaziergang durch die Gassen dieses Bezirks, in dem ich aufgewachsen und in den ich wieder gezogen war, nachdem wir geheiratet hatten. Es ist ein etwas verschlafener Bezirk, aber auf charmante Weise, mit vielen kleinen Geschäften, und die meisten Leute, die hier wohnen, machen den Eindruck, als hätten sie es nicht so eilig im Leben, und die Zeit für einen kleinen Plausch muss es allemal geben. Im Kopf hakte ich noch einmal alle Punkte des Tages ab. Ich wusste genau, was mich erwartete: In meinem Büro angekommen, würde ich Kaffee und Orangensaft bestellen, mir eine Zigarette anzünden und mich den Zeitungen widmen, um etwaige relevante Artikel zu kennzeichnen. Das dauerte für gewöhnlich eine halbe Stunde. Dann würde ich am PC den elektronischen Pressespiegel und meine Mails checken und noch einmal meinen Terminplan und den der Ministerin studieren. Dann würde ich mich davon überzeugen, dass mit der Hintergrundwand im PK-Raum alles passt und dass die Pressemappen aufliegen. Um halb zehn wäre die Vorbesprechung im Büro der Ministerin. Die Pressekonferenz selber brächte mir für eine halbe Stunde die Möglichkeit, ein wenig abzuschalten, schließlich hatte ich nur neben der Sprechenden zu sitzen, und ihr Text war mir weitgehend bekannt. In der Fragenrunde müsste ich mich wieder konzentrieren, denn hier passierten am ehesten Fehler. Dann die Abmoderation, die etwaig anfallenden Nacherklärungen für die Journalisten, die irgendwas nicht verstanden hatten, und die interne Nachbesprechung. Um elf Uhr ein weiteres Arbeitsgespräch, dann einige Kleinigkeiten, um halb eins das kurze Mittagessen in der Kantine und dann bis halb fünf Pressemeldungen von den Reaktionen der anderen Parteien lesen und ein schier endloses Hin-undher-Telefonieren. Dann noch die Besprechung des Kabinetts für morgen. Heute kein Abendprogramm. Ich sah den kompletten Plan des Tages im Geist vor mir und war zufrieden, dass ich auf alles gut vorbereitet war, als etwas Seltsames passierte: Eine Frau mit einem Kinderwagen kam mir entgegen, was allein noch nicht seltsam gewesen wäre, aber als mein Blick in den Wagen fiel, sah ich ein schreiendes Baby. Auch das wäre an sich nichts Außergewöhnliches gewesen, das Erstaunliche war nur, dass ich das Baby bloß schreien sah und nicht hörte. Ich blieb stehen und plötzlich fiel mir auf, wie ruhig es war. Die Autos fuhren lautlos an mir vorüber, die Passanten, die in ihre Handys redeten, taten dies so, als würden sie nur die Lippen bewegen. Ich räusperte mich, aber auch davon hörte ich nichts, ich spürte nur ein Vibrieren in meiner Kehle. Ich tat, was man in so einem Fall tut, hielt mir die Nase zu und blies kräftig Luft dagegen, so wie als Druckausgleich im Flugzeug, um meine Gehörgänge wieder frei zu bekommen, doch auch danach war es noch so, als hätte ich Wachs in den Ohren. Nicht das kleinste Geräusch drang zu mir durch, und das konnte nicht an meiner Umwelt liegen. Ich war verständlicherweise leicht beunruhigt und überlegte, was ich dagegen unternehmen könnte. Für gewöhnlich neige ich nicht zu Panik oder Angst, sondern bleibe auch in vielleicht nicht so alltäglichen Situationen ruhig, weil ich auf meinen gesunden Menschenverstand und die wissenschaftliche Erklärbarkeit rätselhafter Phänomene vertraue, ohne freilich die Wissenschaft als einen allmächtigen und allwissenden Gott anzusehen. Es konnte sich wohl nur um eine Art von Hörsturz handeln. Ich hatte so etwas noch nie erlebt, aber einige Male davon gelesen. Ich würde also einen Arzt aufsuchen müssen, dachte ich. Zuerst war es aber notwendig, mich um die Vorbereitungen zur Pressekonferenz zu kümmern, und vielleicht würde sich diese Gehörlosigkeit bis dahin ja legen. Meine leichte Beunruhigung blieb allerdings, und als ich in der Zentrale ankam, war ich immer noch taub. Ich grüßte den Portier wie immer mit einem kurzen Heben der Hand und einem freundlichen Lächeln, er drückte auf den Knopf, der die Doppelschleuse aus den zwei automatischen Türen öffnet, dann stieg ich die Treppen hoch bis zum kleinen Festsaal, in dem normalerweise die Pressekonferenzen stattfinden. Wie zu erwarten, war noch niemand da. Ich ging weiter zu meinem Büro, das sich direkt neben dem großen Vorzimmer des Büros der Ministerin befindet, begrüßte die Sekretärinnen, setzte mich auf den Sessel meines Schreibtisches und schaltete den PC ein, dann schloss ich die Augen und massierte mit den Fingern meine Schläfen. Ich musste mir etwas einfallen lassen. So dasitzend fühlte ich mich fast wie im Schlaf, und um nicht wirklich noch einzunicken, rieb ich mir meine Augen und öffnete die Lider. Man kann sich meine Bestürzung vorstellen, als nichts geschah. Ich meine, ich schlug die Augenlider auf und sah nichts. Diesmal bekam ich einen gewaltigen Schreck. Mit stark klopfendem Herzen schloss und öffnete ich mehrmals hintereinander meine Lider, aber es änderte sich nichts. Ich drückte mit dem Daumen auf meine Augäpfel, rieb sie wie wild, aber es blieb dunkel. Ich zweifelte für einen Moment an meinem Verstand. Vielleicht lag ich noch zu Hause im Bett und träumte. Das konnte es doch nicht geben. Was ist los? Was ist da passiert?, so waren die Gedanken, die sich in einer Endlosschleife in meinem Kopf zu Wort meldeten. Mir war trotz aller Verwirrung klar, dass ich umgehend Hilfe brauchte. Ich hoffte also, dass wenigstens mein Sprechorgan noch zu gebrauchen war und rief, zuerst mit mutmaßlich leiser Stimme und etwas verschämt, schließlich aber brüllte ich, so laut ich konnte, um Hilfe. Ich zitterte am ganzen Körper und hatte das Gefühl, keine Luft mehr zu bekommen. Du hyperventilierst, atme ruhig, atme ruhig, sagte ich mir, immer noch einen Rest von Beherrschung bewahrend. Da bemerkte ich auf einmal eine Hand auf der Schulter. Ich griff nach ihr und erkannte an der Behaarung, dass es eine Männerhand sein musste. Vielleicht war es der Kabinettchef. Ich konnte ja weder sehen noch hören, also sprach ich auf gut Glück in diese taube Finsternis hinein und versuchte, meinen Zustand zu beschreiben. Dabei klammerte ich mich fest an diese behaarte Hand, als wäre sie meine letzte

Verbindung zur Welt. Wenig später fühlte ich noch eine zweite Hand, die mir an die Stirn griff und mir über den Kopf streichelte. Dann wurde ich wieder losgelassen. Ich kam mir mit einem Mal so mutterseelenallein vor, dass ich nicht mehr anders konnte und zu weinen anfing. Ich schluchzte, wie ich wohl schon lange nicht mehr geschluchzt hatte. Als Nächstes spürte ich zwei Arme, die mich unter den Achseln packten und aus dem Sessel zogen. Ich stand nun für einige Sekunden mit zitternden Knien da, dann überzeugte mich ein leichter Druck, der auf meine Schultern ausgeübt wurde, dass ich mich hinlegen sollte. Und tatsächlich war eine weiche Decke auf dem Boden ausgebreitet worden, auf der ich mich der Länge nach ausstrecken konnte. So lag ich da, und eine zarte Hand, vielleicht die Hand der Ministerin, strich mir immer wieder über die Wange. Ich empfand trotz aller Aufregung einen Hauch von Wohlbehagen und Geborgenheit, und das muss der Augenblick gewesen sein, in dem ich in Ohnmacht fiel. Als ich wieder zu mir kam – ich kann nicht sagen, wie lange ich weggetreten war –, hatte die Hand aufgehört, meine Wange zu streicheln. Ich hob meinen Arm, aber das Eigenartige war, dass ich nicht spürte, ob ich meinen Arm auch wirklich bewegt hatte. Ich fühlte keinen Widerstand, da gab es nichts. Es war, als würde ich in schwerelosem Raum schweben, rings um mich keinerlei Reize, ich war wie auf Wolken, hatte kein Körpergefühl mehr, wusste nicht, was mit mir geschah. Das einzige, was mir geblieben zu sein schien, war mein Ich-Bewusstsein, mein Gehirn, das wie ein Unterseeboot in der unendlichen Tiefe des Nichts hin und wieder ein Sonarsignal abgab. Glauben Sie mir, es hat seine Zeit gedauert, bis ich mich daran gewöhnt hatte. Anfangs wäre ich mehrmals fast übergeschnappt, aber dann – schneller als ich dachte – begann ich mich mit meinem Schicksal abzufinden. Ich kann zwar immer noch nicht ausmachen, wo ich mich befinde, welche Zeit wir haben, und auch meine Vergangenheit hat sich auf eigentümliche Weise mir entzogen, sodass ich im Grunde nicht einmal mehr weiß, was für ein Mensch ich gewesen bin und was zum Beispiel meine Frau für mich bedeutet hat und ich für sie, es ist also eine Lage von vollkommener Hilflosigkeit und bedingungsloser Isolierung, in der ich mich befinde, aber was mich trotz allem noch am Leben hält, ist dieser Bericht, dieses Signal, das ich, nun schon seit einer Ewigkeit, so will es mir vorkommen, aussende, ohne dabei die Hoffnung zu haben, jemals zu erfahren, ob dort draußen irgendjemand ist, irgendeine gute Seele, die es empfangen kann oder will.

Künstlerische Freiheit

Dreimal habe ich Thalias Nummer gewählt, dreimal habe ich ungläubig das Hinweissignal für einen nicht existierenden Anschluss gehört, dann bemerkte ich, dass ich zwei Ziffern in der Vorwahl vertauscht hatte. Zuvor spielte sich in meinem Kopf folgendes Szenario ab: Thalia hat endgültig genug von mir. Sie hat ihre Telefonnummer geändert, und wenn ich den Laptop anschalten und meine Postbox öffnen würde, fände ich darin ein langes, typisches Thalia-Mail, in dem sie mir auf welche Weise auch immer erklärte, warum sie keinen Kontakt mehr mit mir wünschte. Dieses Szenario lief so perfekt und ausgearbeitet vor meinem geistigen Auge ab, dass ich im Nachhinein darüber erstaunt war, *wie* perfekt meine Vorstellungskraft funktionierte. Es war, als hätte ein in Gedanken längst vorbereiteter und ausformulierter Verdacht endlich den Raum gefunden, um in Erscheinung zu treten, so wie wohl in den Computern vieler Journalisten Dateien mit nahezu kompletten Nachrufen auf Prominente schlummern, deren Alter einen baldigen Tod wahrscheinlich macht. Als ich meinen Index mit den Telefonnummern aufschlug, um wie ein Idiot Thalias Nummer Ziffer für Ziffer in das Telefon zu tippen, und in Folge meinen dreimal unbewusst wiederholten Fehler bemerkte, fiel mein Blick zwangsweise auch auf die Einträge über und unter Thalias Daten, und ich stellte fest, wie mühelos ich stattdessen eine andere Nummer wählen und mit Erato, Euterpe, Kalliope oder Terpsichore sprechen könnte, nur um mich von meiner zeitweiligen Unfähigkeit abzulenken, mit mir allein auszukommen. Hatte doch jede von ihnen einen gewissen Vorzug. Die Liebenswürdigkeit der einen, der Scharfsinn der anderen, der Frohmut dieser und die Sinnlichkeit jener, und je nachdem, wonach mir war, stand es mir mehr oder weniger frei, meine Wahl zu treffen. Jede dieser Eigenschaften war ein Antidot gegen mich selbst und deswegen willkommen. Ob es umgekehrt ebenso ablief, hätte ich trotz einiger Indizien nicht mit Bestimmtheit sagen können. Obwohl ich in meinem Leben immer wieder in einigermaßen ähnlich strukturierte Verhaltensmuster verfiel, war doch je nach Gegenüber jedes Mal alles neu, und jegliches Wort und jegliche in körperlichen Ausdruck transponierte Gefühlsregung musste in Anbetracht der Umstände neu bewertet und darauf in ebenso neuartiger Weise reagiert werden. Die Ablauffrist von Standardlösungen für die Problembewältigung währte üblicherweise nicht lang, sprich die Überwindung von Gegensätzlichkeiten, die Harmonisierung unterschiedlicher Sichtweisen und Auffassungen bedurfte einer beinahe ständigen Revision, Neubewertung, also einer möglichst unterbrechungslosen

Konzentration. Jede Unachtsamkeit, jedes Ausruhen auf dem Schein nach bewährten Konventionen, jede Bequemlichkeit oder jedes Sich-gehen-Lassen musste gesühnt werden, wenn auch selten unmittelbar, sondern meistens andernorts und zu späterer Zeit. Alles, so war ich überzeugt, kam auf einen zurück, und das Sprichwort, dass man für jede Ausgabe im Leben einmal die Rechnung präsentiert bekomme, fand letztlich immer seine Bestätigung. Als ich dann also Thalias Nummer richtig gewählt hatte und der erste Ton des Freizeichens zu hören war, schlüpfte meine Phantasie von vorher flugs wieder in das finstere Labyrinth der unbegrenzten Möglichkeiten zurück und hinterließ nur so etwas wie eine feuchte Schleimspur, wie von einer Schnecke, in meinem Bewusstsein, und ich beeilte mich, diesen Rückstand rasch zum Verschwinden zu bringen, bestand doch nun die 50:50-Chance, dass in weniger als einer Sekunde Thalia meinen Anruf entgegennehmen könnte und ich gezwungen sein würde, in meiner Stimme, in der Auswahl meiner Worte, nichts von alldem, was in den letzten Minuten so durch mein Gehirn geflitzt war, laut werden zu lassen. Ein zweites Tuten aus dem Hörer, und ich war längst dabei zu überlegen, in welchem Tonfall ich Thalia gegenüber auftreten sollte. Wir waren einander so vertraut, dass jeder anhand des ersten gesprochenen Satzes, ja selbst der Grußfloskel, abschätzen konnte, in welcher Stimmung sich der andere befand. Das

Spektrum reichte von tiefer Niedergeschlagenheit, das ein Ansuchen um baldigen oder sofortigen Beistand implizierte, bis zu schalkhafter Überschwänglichkeit, die auf gemeinsames Ausleben drängte. In diesem Moment jedoch wusste ich nicht, für welchen Tonfall ich mich entscheiden sollte oder konnte. Die unterschiedlichen Möglichkeiten oszillierten auf ungestümste Weise und ratterten an der Schaltstelle in meinem Bewusstsein, die Stimmung in Laute und Worte übertrug, im Kreis wie die Glücksräder der Spielshows aus dem TV, nur mit dem Unterschied, dass meine launige Speichentrommel keine Anstalten machte stehenzubleiben. Es lag also am Zufall, es lag an dem Moment, da Thalia auf den Annahmeknopf ihres Mobiltelefons drücken und sich melden würde, denn mit dieser Aktion käme mein Glücks- oder Unglücksrad der vereinigten Möglichkeiten jäh zum Stillstand und, je nachdem, welcher Bereich meines Launenkatalogs getroffen worden war, würde Thalia meine traurige, zurückhaltende, lustige, überbordende, gelangweilte, kalte, zornige, gehässige, aber selten indifferente Stimme hören, und alles, was daraufhin geschehen und beschlossen und verschwiegen und ausgeplaudert würde, wäre von diesem Augenblick her abzuleiten. Es schien also von dem Moment abzuhängen, in dem Thalia das Klingelgeräusch ihres Handys registrierte, sich entschloss, das Telefon in die Hand zu nehmen, einen Blick auf das Display warf, meine Nummer erkannte und, und das war eigentlich ausschlaggebend: wie sie impulsiv darauf reagieren würde, so plötzlich mit mir in Verbindung gebracht zu werden. Auch über sie würde sich in dieser Sekunde eine Kaskade von Assoziationen und Vorstellungen ausschütten, und abhängig davon, ob das Wohlgefallen und die Neugier oder die ablehnenden Komponenten dieses Gefühlspanoramas überwogen, würde sie sich entscheiden, meinen Anruf und deshalb auch mich, meine Stimme, meine Verlautbarungen, meinen Körper, das gesamte Repertoire meiner emotionalen und physischen Protzigkeit und Wehleidigkeit, meiner Schönheit und Verletzlichkeit, meiner Ausgekochtheit und Liebe in Kauf und in sich aufzunehmen. Sie entschied demnach in diesem Sekundenbruchteil, der meist schneller ist, als man denken kann, über ja oder nein, und man könnte, die Implikationen auf die Spitze treibend, auch behaupten: über Leben und Tod. Ihr Hallo wäre wie üblich ein freundschaftliches und mehr oder weniger neutralvorsichtiges, worin die Fähigkeit oder vielleicht der Wunsch eingebettet war, auf jedwede Äußerung von mir angemessen reagieren zu können. Sie verwandelte, bildlich gesagt, ihr Stimmorgan, ihr phonetisches Ich, in eine Art Airbag, der in erster Instanz den Anprall meines Egos abzufangen und abzufedern und zum Teil zu resorbieren imstande beziehungsweise gewillt war, mit einer Weichheit und Elastizität, die es auch ihr gestattete, die

Kollision unbeschadet und im besten Fall als Gewinnerin zu überstehen und ohne allzu große Verzögerung auf mein Ansuchen Bezug zu nehmen, sprich meinen Angriff zu kontern, so wie bei manchen Kampfsportarten die vom Angreifer ausgeübte Gewalt vom Angegriffenen durch eine geschickte Umlagerung der Gleichgewichtsverhältnisse umgeleitet und wieder zum Angreifer rückgeführt wird. Hierbei liegt die Vermutung nahe, dass es letztlich Instinkte sind, die einen so handeln lassen. In gewisser Weise ist also der Verstand oder besser das Gefühl, was im Grunde auf dasselbe hinausläuft, schneller als man selbst, einem immer um eine Nasenlänge voraus, was im Übrigen auch den für nicht wenige Menschen schauerlichen Argwohn mit sich bringt, dass die Freiheit des Geistes eine relative Illusion sein könnte. In dem Fall war diese mangelhafte Überlegung jedoch bloß als Projektion auf das Machtverhältnis zwischen Thalia und mir von Interesse, ein Verhältnis, das in den besten Zeiten wie kommunizierende Gefäße, wie ein stabiles Ökosystem funktionierte und in schlechten Augenblicken einen zügellosen Krieg mit verbalen Scharmützeln und sogar Handgreiflichkeiten evozieren konnte. Das Freizeichen tönte ein weiteres Mal und noch einmal und noch einmal, und ich rückte dabei immer weiter von mir selbst ab, wobei im Gegenzug die Hoffnung, dass ihre Stimme, ihr Hallo, meiner Seele ihren nötig gebrauchten Frieden schenken würde, sich in meiner Körpermitte hochpulsierte, bis es mir fast unmöglich schien, jemals wieder Herz und Hirn quasi auf eine Wellenlänge bringen zu können und zu mir zurückzufinden. Letztlich bleibt nicht viel zu berichten, außer dass Thalia meinen Anruf nicht entgegennahm, sondern sich nur ihr automatischer Tonbanddienst zu Wort meldete, der mir freistellte, eine Nachricht für sie zu hinterlassen, was wiederum spezifische Ideen in mir wachrüttelte, die sich, nachdem ich aufgelegt hatte, ziemlich bald in kleinen ablenkenden und übertünchenden Tätigkeiten verliefen, bis nach einer Weile für mich nichts mehr übrig war außer der Gewissheit, immer noch mit mir allein auskommen zu müssen.

Auf dem Weg hinterm Haus,
auf den Wald zu

Wir fahren durch die Straßen, und nach dem Regen der letzten drei, vier Tage glänzt der Asphalt wie der Rücken eines Wals an diesem düsteren Oktobersamstagnachmittag, du und ich, wir fahren durch die Straßen, kaum Verkehr um diese Zeit und alle Ampeln auf Grün und keine Musik aus dem Autoradio, wir fahren immer durch die Straßen, so kommt es mir vor, wie durch eine Geisterstadt, keine Fußgänger, kaum Verkehr, nur der regennasse Asphalt und die Stadt ein einziges großes Freiluftmuseum, diese oder jene Stadt, es macht fast keinen Unterschied mehr, ganz Europa halb Spielplatz, halb Museum, und wir, die Eingeborenen, versuchen, uns nichts anmerken zu lassen, so zu tun wie immer, also fahren wir durch die Straßen, und ich habe noch die Bilder im Kopf vom Video, das wir uns heute angesehen haben, auf deiner Couch liegend, das war, bevor wir uns entschieden haben, ins Auto einzusteigen, und auch das Liegen vor dem Fernseher, so wie das Einsteigen ins Auto und das Fahren durch die Straßen, jede dieser Tätigkeiten kann als ein Kunstwerk gelten, als ein Akt der Schöpfung, wir, Teil einer Videoinstallation und auf dem Bildschirm die Bilder, die ich noch im Kopf habe, während ich das

Spiel zwischen Kupplung, Bremse und Gas spiele und du das Spiel von Rauchen und Aus-dem-Fenster-Schauen spielst, so wie du damals mit diesem großen gelben Ball gespielt hast, wie man in einer Szene sehen konnte, und dein Bruder auf einem Kindertraktor sitzend, im Garten mit den krummen Obstbäumen, deren früchteschwere Äste mit Holzlatten gestützt werden, das sind die Bilder, die sich bei mir nach Zufallsprinzip in Erinnerung rufen, auf dieser Fahrt mit dir, immer fahren wir durch die Straßen von dieser oder jener Stadt, und immer haben wir dasselbe Ziel, denken dieselben Gedanken, Wort für Wort, wir, die Eingeborenen, im Fluchtwagen, in der Geisterstadt, im großen Freiluftmuseum, und es macht keinen Unterschied, ob wir auf dem Video sehen, wie du als Kleinkind eine Sandburg baust am Strand von Bibione oder ob wir beobachtet werden, wenn wir uns vor diesem Neubau in eine schräge Lücke zwischen den parkenden Autos einreihen, wieso macht es keinen Unterschied, es muss doch einen Unterschied geben, aber der Ablauf der Videofilmbilder und der Regen, der über die Windschutzscheibe rinnt und das Licht der Neonreklamen und Ampeln stärker zum Leuchten bringt, das sind zwei Bewegungen, die auf geheimnisvolle Weise eins sind, und das Geheimnis dabei sind nur wir, du und ich, wie wir dasitzen, in dieser Parklücke vor diesem Neubau an diesem düsteren Oktobersamstagnachmittag, bevor noch der abendliche Parcours der Autos beginnt, und dann, wenn du die Zigarette ausdrückst, deine Tasche nimmst und aus dem Wagen steigst und ich dich anläuten und im Eingangsflur des Neubaus verschwinden sehe, dann wird diese Szene von einer anderen überblendet, in der das kleine Kind vor der Kamera davonläuft, auf dem Weg hinterm Haus, auf den Wald zu, und wie es sich dann, knapp vor dem Wald, umdreht und etwas sagt, was der Stummfilm nicht verrät, und selbst ein Lippenleser hätte keine Chance, denn das Kind hält sich die Hand vor den Mund, als wüsste es, dass in Zukunft jemand versuchen wollen würde dahinterzukommen, was es sagt, auf dem Weg hinterm Haus, knapp vor dem Wald, als es stehenbleibt und sich seinem Vater zuwendet, der ihm mit der Kamera gefolgt ist, und bevor man sehen kann, ob das Kind weiter in den Wald geht oder sich dafür entscheidet, unter freiem Himmel zu bleiben, kommt ein Schnitt, und da sitze ich immer noch im Auto vor dem Neubau, in dem du verschwunden bist, und der Schnitt zwischen diesen Szenen ist tief, tiefer als es vorstellbar wäre, und doch sind die beiden Geschehnisse, die der Schnitt trennt, von gleicher Gültigkeit, sind in unergründlicher Weise ein und dasselbe, du als Kind, das auf den Wald zuläuft, und du als junge Frau, die in dem Neubau verschwindet, und der Mann auf der anderen Straßenseite, der aus seinem Wagen gestiegen ist und sich eine angezündet hat und jetzt so tut, als würde er telefonieren, er ist der,

der das, was geschieht, beobachtet, er, von der anderen Seite, der gesehen hat, wie wir geparkt haben, der sieht, wie ich wartend im Auto sitze, der sehen wird, wie du nach zehn Minuten aus dem Neubau kommst, und vielleicht, in Zukunft, wer kann schon sagen?

Wie man seine Box
zum Verschwinden bringt

Eine Versuchsanordnung

Wollen wir den Kreisel folgendermaßen zum Tanzen bringen: Ein Proband könnte, wäre er gezwungen, sein Leben neben einer Box zu verbringen, in die er nicht hineinblicken darf oder kann, diese Ungewissheit anfänglich vermutlich schwer ertragen. Schließlich könnte sich ja alles in dieser Box befinden. Eine Bombe oder der größte Diamant der Welt oder das Universum oder nichts. Es wäre für ihn wahrscheinlich nur möglich, ohne Angst beziehungsweise Neugierde in Gegenwart der Box zu existieren, wenn er entweder hineinblickt oder wenn er das Mysterium, das die Schachtel birgt, zu einem Tabu, einem religiösen Heiligtum erklärt und die meditative Anbetung ihres ihm unbekannten Inhalts in seinen Tagesablauf integriert. Schließen wir erstere Variante aus: Sagen wir also, die Box ist so und so beschaffen, dass ein Einblick unmöglich ist. Spulen wir die Szenen im Schnelllauf ab, in denen der Proband sich bemüht, auf alle für ihn erdenklichen Weisen diese Nuss zu knacken, aber es ist und bleibt vergeblich. In der Vorstellung des Probanden ist das, was die Box beinhaltet, unter Umständen das Schauerlichste oder Schönste, das er sich je träumen lassen könnte. Und doch ist ihm der Zugang zur Erkenntnis verwehrt, mutmaßlich bis zu seinem Ableben. Niemand ist in der Lage, ihm dabei zu helfen, hinter das Geheimnis zu gelangen. Vielleicht sieht sogar niemand außer ihm die Box, und alle, denen er sie zeigen möchte, halten ihn für geisteskrank, da sie in diesem Zimmer, wo sich die ominöse Box befinden soll, nichts Derartiges entdecken können. Der Proband ist also auf sich allein gestellt. Nur er, sein Umfeld, die Wohnung und die darin exponierte Box existieren, und alles, was eine Offenbarung ihres Inhalts angeht, kann er sich, wie es aussieht, schon im Vorhinein abschminken. So bleibt nach reiflicher Überlegung nur die zweite Möglichkeit: die Anbetung der Box. Freilich, der Proband könnte den Mietvertrag kündigen und auf die andere Seite der Erdkugel übersiedeln, aber er hat es im Gefühl, und wir haben es im Gefühl, dass die Box mit ihm kommen würde, ob er will oder nicht. Er wird sie demnach nie wieder loswerden. Wie könnte nun, wenn der Proband sich mit seiner Lage abgefunden hat, und das dauert im Vergleich zur Ewigkeit nicht besonders lange, sein Leben mit der Box, das zwangsweise ein religiöses Leben sein muss, sich gestalten? Und was ist in dem Fall, dass ihm der Inhalt der Box vollkommen gleichgültig ist? Sei darin, was darin sei, ich werde mein Leben um kein Quäntchen ändern, und so wird es bleiben, bis ich meinen letzten Atemzug getan habe. So könnte der Proband reden und denken, und, wer weiß, vielleicht könnte es ihm sogar ernst damit sein. Wir sprechen ihm aber diese Fähigkeit ab. Wir trauen ihm diese Interesselosigkeit nicht zu. Wir behaupten also, dass es sich um einen Trick handelt, mit der Ungewissheit zurechtzukommen, genauso wie der kultische Umgang mit dem Objekt X, das sich möglicherweise in der Box befindet, ein Trick ist, und so wollen wir uns eher letzterem Trick widmen, der uns unserem Geschmack nach merkwürdiger vorkommt. Ja, unserem Geschmack nach, nicht unserer Weltanschauung nach. Weltanschauungen sind Verträglichkeitspostulate der sogenannten Realität, behaupten wir weiters, und wir behaupten, was uns bekömmlich ist, und am liebsten behaupten wir, was uns Lust bereitet. In diesem Fall bereitet es uns Lust, über die Handlungen eines Probanden Gedanken zu verschwenden oder zu verlieren oder zu sammeln oder zu gewinnen, eines Probanden, der sich täglich in eine Art von Konversation mit dem unbegreifbaren Inhalt einer Box versenkt, um die Tatsache der Existenz des Inhalts der Box zu ertragen. Der eigentliche religiöse Akt der Versenkung in den unbekannten Inhalt der geheimnisvollen Box in seiner Wohnung beträgt, über den Daumen gepeilt, eine Stunde pro Tag. Der genaue Ablauf, wie er sich einem Betrachter präsentieren würde, ist folgender: Der Proband schließt täglich um Punkt zwölf Uhr, noch bevor er zu Mittag gegessen hat, die Tür des Zimmers, in dem sich die Box befindet, zu, löscht alle Lichter, verstopft seine Ohren mit zwei wachsähnlichen Pfropfen, klebt sich Leukoplast über seine geschlossenen Augenlider, entkleidet sich und setzt sich im Schneidersitz auf die Box. Er versucht, in der annähernd kompletten Dunkelheit und Stille seine Gedanken von allem zu befreien, was ihn umgibt. Man könnte sagen, dass er versucht, an nichts als an sich selbst zu denken und darüber hinaus an noch weniger als sich selbst, an nichts. Während dieser Übung nimmt im Idealfall das als Absolutum vorgestellte Objekt X den Platz seines Ichs ein, und der Proband beginnt unwillkürlich, seinen Oberkörper rhythmisch vor und zurück zu bewegen. Das wiederholt er so lange, bis sich in seinem Organismus eine Erleichterung beziehungsweise Erschöpfung bemerkbar macht. Dann zeigt eine Geistesversenkung das Ende des Aktes an. Mit einem tiefen Luftholen und Ausatmen ist die Kulthandlung für den Probanden beendet. Er steigt von der Box, löst die Pflasterstreifen von seinem Gesicht, holt die Pfropfen aus den Ohren, schaltet das Licht an, schließt die Tür des Zimmers, in dem sich die Box befindet, auf und geht seinen alltäglichen und nicht alltäglichen Gewohnheiten nach. Vielleicht ist seine Haltung der Box gegenüber außerhalb der Zeitspanne des als religiös bezeichneten Exerzitiums eine gänzlich andere als während der Zeitspanne. Es ist denkbar, dass er in der übrigen Zeit die Box als Abstellplatz verwendet, dass er sie mit einem Tischtuch abdeckt, um darauf seine Mahlzeiten einzunehmen. Es ist vorstellbar, dass er gegen die Box tritt, dass er sie bespuckt, mit Fäkalien beschmiert, sie auf unflätigste Weise beschimpft und so weiter. Aber das muss nicht unbedingt so sein. Vielleicht fällt die Box für die restlichen Stunden des Tages einfach in den Bereich der Interesselosigkeit, ihr Geheimnis gebannt, von keinem besonderen Reiz mehr für den, der ihrem unsichtbaren Inneren auf seine Weise Tribut gezollt hat. Ob der unfreiwillige Mitbewohner der Box letztlich über dem schier unlösbaren Rätsel von Objekt X verzweifelt und sich in einem – je nach Sichtweise schwachen oder starken – Moment darüber erhängt oder ob er auf Dauer das aufbringt, was für gewöhnlich als Galgenhumor oder heitere Gelassenheit bezeichnet wird, ist zweifelsohne von verschiedenen Komponenten seiner geistigen und körperlichen Konstitution mitbestimmt, wenn nicht zutiefst verursacht, aber, um es ein für allemal zu sagen: Selbst der entschlüsselte Quellcode oder Algorithmus seiner genetischen Verfassung würde nicht das Problem des mysteriösen Boxinhaltes lösen, von dem man nicht einmal weiß, ob es ihn überhaupt gibt oder ob nicht vielmehr zum Beispiel nur ein zerknülltes, gebrauchtes Papiertaschentuch da in der Box zu finden wäre. Und, wenn wir gerade dabei sind: Nehmen wir dem Probanden, der die Box anbetet, eigentlich sein Tun und Lassen eher ab als dem, der von sich behauptet, der Inhalt der Box sei ihm völlig gleichgültig? Mit welchem Recht? Dieser wirkt vielleicht im Alltagsleben glücklicher als jener. Oder umgekehrt. Beispiele für beide Varianten könnten leicht gefunden werden. Warum also soll der Anbeter der Box nicht auch in seinem Innersten, gleichsam in seiner körper- und geisteigenen Box, ein Objekt X beherbergen, das von Zeit zu Zeit oder beharrlich Zweifel streut? Wäre etwas anderes überhaupt denkbar? Wohl nur unter dem Einfluss von berauschenden Substanzen, bei wahlweise Betrachter oder Betrachtetem. Es muss angenommen werden, dass so und so viele Boxbesitzer, sofern wir in Erwägung ziehen, dass es derer mehrere gibt, ihre Religiosität beziehungsweise Gleichgültigkeit Objekt X gegenüber nur spielen, um sich den anderen Boxbesitzern gegenüber keine Blöße zu geben. So tun das unter Umständen alle, und das nur, weil niemand einen Vorteil darin sieht, sich dazu zu bekennen, verzweifelt, einsam und hilflos zu sein, was das Innere dieser vermaledeiten und wunderbaren Box betrifft. Welche Formen und teils radikal anmutenden Ausmaße dieses Schauspielern annimmt, ist leicht vorstellbar und noch leichter nachprüfbar. Nicht nötig, weiter darüber zu reden. Der Drang nach Erkenntnis ist, wenn wir von Schlüssigkeit sprechen dürfen, also ein unerfüllbarer. Er stößt immer wieder ins Leere, und die Teil- oder Scheinbefriedigung dieses Stoßens gibt uns neben unserer normalerweise sehr ausgeprägten Eigenanhänglichkeit Kraft, es noch einmal und noch einmal zu probieren. Manche behaupten, es bleibe als möglicher Behelf die Einführung einer anderen Unbekannten, nämlich des regelmäßig praktizierten Geschlechtsaktes, einer zwar ebenso sinnneutralen Unbekannten, jedoch einer, die in Anwendung zumindest den Durst des Körpers stillt. Man kann gegen diese Ablenkung in erster Instanz nichts einwenden. Ihr Mechanismus greift im Lauf eines Lebens oft genug so, dass jemand dazu neigen könnte zu glauben, darin die Lösung gefunden zu haben. Freilich ist es, ähnlich wie bei allen anderen Pseudolösungen, eine Geschichte in der Art des Mythos vom Fass der Danaiden. Wir wissen das alles oder tun zumindest so. Lösungen finden zu wollen ist ja auch eine Beschäftigung, so wie das Sich-auf-das-Ziel-Zubewegen die Hauptaufgabe eines Marathons ist. Als 08/15-Lösung auf ebener Erde und beim Balancieren auf den Simsen von Wolkenkratzern hat sich die Einhaltung des Gleichgewichtssinnes bewährt. Die diesbezüglichen Waagschalen heißen Zweifel und Demut. Alles andere ist in unseren schwachen Augen faule Mode, Kitsch oder Folklore oder bloß ein alberner Zaubertrick. Oder anders gesagt: Es gibt keinen Notausgang aus der Box.

Carime ruft nach ihrer Katze

Ich stehe da und lasse die Arme hängen, es ist ruhig auf der Straße hier an der Grenze der Stadt, und die Nacht für April sehr warm, und ich weiß nicht, was ich noch sagen soll, denn verabschiedet haben wir uns ja schon oben in der Wohnung, und Carime ruft nach ihrer Katze. Es ist kurz nach elf, mein Auto parkt gleich gegenüber. Obwohl klar ist, dass wir einander für Jahre nun das letzte Mal sehen, weiß ich nicht, was ich noch sagen soll, und Carime ruft nach ihrer Katze. Das macht sie nicht oft, sagt Carime, nur hin und wieder. Vielleicht ist sie eifersüchtig auf mich, sage ich, und wir gehen mitsammen ein Stück die Straße hinauf. Schon untertags fahren hier kaum Autos, und jetzt gibt es überhaupt keinen Verkehr. Hinter den Bäumen der Vorgärten leuchtet in den Fenstern mancher Villen das blaue Fernsehlicht, und ganz am Ende der Straße, wo der Wald beginnt, flackert eine kaputte Laterne. Einmal, erzählt Carime, hat sie es irgendwie geschafft, auf einen Balkon zu klettern, von dem sie nicht mehr hinunter konnte. Sie hatte zum Glück ihr Miauen gehört, und ein zufällig in der Nähe beschäftigter Elektriker hatte sie mit seiner Leiter geborgen. Carime rasselt mit ihrem Schlüsselbund und ruft noch einmal. Wahrscheinlich streunt sie nur ein bisschen herum, versuche ich sie zu beruhigen, es ist schließlich Vollmond. Wieder rasselt Carime mit den Schlüsseln. Es sind sonst nur die Grillen zu hören und in der Ferne das Rauschen der U-Bahn, deren Schienen hier, an der Endhaltestelle, überirdisch laufen. Wahrscheinlich spürt sie, dass du bald wegfährst und möchte die Freiheit heute noch einmal ausnützen, sage ich. Am Ende der Straße, unter der flackernden Leuchte, drehen wir um und gehen langsam zurück. Ich weiß nicht, was ich noch sagen soll. Carime ruft wieder nach ihrer Katze. Mich schmerzt ein wenig der besorgte Ton in ihrer Stimme. Es ist vielleicht der schwarze Kater, der ihr Angst macht, sagt Carime, der schleicht da manchmal durch die Gegend. Sie hat auch schon öfters Marder gesehen. Ich sage zu Carime, dass sie bestimmt nach Hause kommen wird. Sicherlich taucht sie auf, sobald ich weg bin, sage ich. Wir gehen an einem Strommast vorbei, an den ein Zettel mit dem Foto einer vermissten Katze geheftet ist. Wir bleiben stehen und lesen die Beschreibung des Tieres, den Betrag der ausgesetzten Belohnung. Na super, sagt Carime, und gleich darauf ruft sie nochmals mit einer umso besorgteren Stimme nach ihrer Katze. Erst jetzt fällt mir auf, dass ihre Katze wie ein sizilianischer Schriftsteller heißt. Ich frage Carime danach, aber sie kennt ihn nicht. Plötzlich wird das Brummen eines Motors lauter, und kurz darauf fährt ein Wagen, eindeutig zu schnell für diese Wohngegend, an uns vorüber. Carime sagt: Wenn da jetzt die

Katze zwischen den Autos hervorspringt. Wir gehen weiter, die Straße hinunter, und Carime ruft nach ihrer Katze. Aber mach du dich ruhig schon auf den Weg, sagt Carime dann und bleibt stehen, du musst wirklich nicht mit mir warten. Ich bin nicht in Eile, sage ich, und wir gehen weiter. Nur das Zirpen der Grillen und das Klirren von Carimes Schlüsselbund, und immer wieder ruft Carime nach ihrer Katze. Wo die Straße unten die weite Kurve zur Autobahn macht, kehren wir um. Ich wette mit dir, sage ich, sie kommt, sobald ich weg bin, ich wette. Ja, sagt Carime. Wir schlendern zurück bis zu dem Haus, in dem Carime wohnt und dem gegenüber mein Auto parkt. Gehen wir noch einmal bis ans Ende, schlage ich vor, und also gehen wir, und Carime rasselt mit den Schlüsseln und ruft nach ihrer Katze. Seitdem sie so viele Bäume hier gefällt haben, setzt Carime an, aber sie spricht nicht weiter, ruft nur nochmals nach ihrer Katze. Ich glaube, sage ich, sie stromert einfach nur ein bisschen durch die Gegend, ist doch ihr gutes Recht, oder? Carime nickt, und wir sind am Ende der Straße, bei der kaputten Laterne. Dass sie in den Wald gelaufen ist?, frage ich. Kann schon sein, sagt Carime und ruft in den Wald hinein nach ihrer Katze. Wir sind einige Atemzüge lang still und lauschen, aber nichts, nur die Grillen. Nein, sagt Carime, fahr doch nach Hause, ich versuche es in einer Stunde wieder. Normalerweise kommt sie doch von selbst zurück, sage ich, oder? Ja, sagt

Carime. Wir gehen das Stück zurück zu Carimes Wohnhaus. Bist du sicher, dass ich nicht noch warten soll?, frage ich. Ja, danke, sagt Carime, dann aber reagiert sie auf ein Geräusch, das ich überhört habe, wendet sich von mir ab und rasselt mit dem Schlüsselbund und ruft nach ihrer Katze. Das macht sie nicht so häufig, weißt du, sagt Carime. Das macht sie nur, weil sie eifersüchtig ist auf mich, sage ich. Weißt du übrigens, fragt Carime unvermittelt, aber ebenso plötzlich bricht sie den Satz ab. Was?, sage ich eine Spur zu spät und lache eine Spur zu gekünstelt. Carime ruft nach ihrer Katze. Wir schweigen beide einige Atemzüge lang, dann entriegle ich per Knopfdruck, ohne die Hände aus den Hosentaschen zu geben, mein Auto, die orangen Blinklichter blitzen zweimal auf, und ich sage: Du wirst sehen, sie taucht bestimmt auf, sobald ich weg bin, und Carime sagt: Ja. Danke, dass du so lang gewartet hast, und ich wünsche ihr alles Gute und steige in mein Auto und starte, und Carime steht vor ihrem Haus und winkt mir zu und rasselt mit dem Schlüsselbund und ruft nach ihrer Katze.

Engagierte Literatur

Der Autor wird beschließen, den Text mit einem Fragesatz beginnen zu lassen:
Welche Konsequenzen hätte es, wenn ich auf künstlerisch gestaltete Weise ankündigen würde, Amok zu laufen? Wahrscheinlich nur die, die vorherzusehen sind. Vielleicht würde der eine oder andere Rezensent eine Andeutung wagen, und dieser oder jener Leser würde für Sekunden oder Minuten mit dem Gedanken spielen: Was, wenn dieser Typ, der Autor, das dann aber wirklich tut? Aber wer von ihnen, ob Rezensent oder Leser, würde deshalb die Polizei verständigen, und selbst wenn: Was könnte die Polizei unternehmen?
So ist das, und weil das so ist, werden die, die üblicherweise bei der persönlichen Begegnung mit einem Schriftsteller nichts anderes zu fragen wissen, als ob das, was er schreibe, autobiographisch sei, bloß über die sogenannte Freiheit der Kunst räsonieren, wenn überhaupt.
Dann, nach dem Amoklauf, werden sie es ja doch irgendwie in ihrem Inneren geahnt haben, dass das nicht nur so ein Provokationstext war, aber dass dieser Autor zu solch einer Herostratentat de facto fähig sei, das hätten sie nicht gedacht. Fürchterlich, so das ziemlich einhellige Ersturteil nach der Tat, und nur wenige werden sich selbst eingestehen zu

denken: Hut ab! Wieder andere werden (zu Recht) kritisieren, der Autor habe durch die Vorankündigung seiner Tat der Legitimation von Putativmaßnahmen seitens der Staatsmacht gegenüber verdächtigen Personen Vorschub geleistet, Stichwort Vorbeugehaft, Online-Untersuchung, weitere Außerkraftsetzung der Habeas-Corpus-Akte etcetera.

Wie dem auch sei: Im Nachhinein fallen einem die Indizien quasi in den Schoß. Die Herangehensweise ist wie alles subjektiv gefärbt und entspricht demnach der Spannweite aller Möglichkeiten der Menschheit. Die Psychologisierenden werden schon immer anhand der Fotos des Autors (interessant übrigens, dass in dem Buch mit besagtem Text kein Autorenfoto war) etwas Dunkles in ihm erkannt haben wollen, einer, der nicht ganz geheuer, dem irgendwie alles zuzutrauen war. Schon seinen Texten entspringe etwas sehr Sentimentales bis Depressives, was man unter Umständen als Warnung hätte lesen können. Zur Beweisführung wird man Passagen aus den Veröffentlichungen des Autors zitieren, in denen Gewaltphantasien und das Herbeiwünschen von Zerstörung nicht extra hervorgehoben werden müssen. Interpreten, die sozusagen rationaler an den Fall herangehen, werden diesen unterschwelligen Hang zur tödlichen Subversion und die Gewaltbereitschaft des Autors zwar ebenso feststellen können, doch wird ihr Weg des Versuchs einer Erklärung über das Elternhaus und das soziale Umfeld sowie dem in Folge ausführlich durchforsteten privaten und öffentlich-beruflichen Werdegang des Autors führen. Man wird auch in diesem Fall die suizidalen beziehungsweise allgemein-mörderischen Tendenzen in seinem Werk kenntlich machen und zur Beweisführung heranziehen.

Aber damit, wird der Autor denken, werde ich zum Glück nichts mehr zu tun haben müssen, und dann wird er weiter schreiben:

Folgendes habe ich bereits getan, so wird der Hauptteil des Textes anfangen:

Auf mehreren Reisen nach Bosnien und Serbien, genauer in ein Dorf in der Nähe von Zenica und in eine kleinere Stadt in der Nähe von Beograd, habe ich im letzten Jahr eine nicht zu geringe Anzahl an Waffen sowie Munition erworben und über die Grenze geschmuggelt. Dass es dazu gekommen war, beruht zu weiten Teilen auf Zufall: eine versoffene Nacht in einer Hotelbar, eine auf Wodka beruhende Bekanntschaft mit einem ehemaligen Soldaten, der darauffolgende gemeinsame Bordellbesuch und im Lauf der Nacht die in Aussicht gestellte Möglichkeit, an Waffen zu gelangen. Wie schon erwähnt, mehrere Fahrten, bei denen ich aufgrund meines korrekt gehaltenen Äußeren und meines für diesen Zweck perfekt unauffälligen Autos niemals Probleme an der Grenze hatte. Die Waffen und die Munition habe ich an einem sicheren Ort versteckt. Eine Hausdurchsuchung bliebe erfolglos.

Ich habe in den Wäldern in der Umgebung von Wien des Öfteren Schussübungen durchgeführt und bin mittlerweile mit jeder der Waffen und ihrer Handhabung vertraut, und auch meine Trefferquote lässt sich sehen. Geübt habe ich übrigens auch heimlich beim Tontaubenschießen mit Freunden, bei Paint-Ball-Spielen und im Wurstelprater, Wiens Vergnügungspark, wenn ich einem Mädchen eine Plastikrose schoss.
Mehr ist zur abgeschlossenen Vorbereitung, zur sogenannten Vergangenheit, nicht zu sagen, wird der Autor überzeugt sein und mit dem Satz fortfahren:
Folgendes werde ich tun:
An einem bestimmten Tag werde ich an einem bestimmten Ort in Wien, meiner Geburts- und Heimatstadt, mit meinem Amoklauf beginnen. Es wird an einem Ort sein, wo sich viele Menschen befinden, wo die Fluchtwege in der entstehenden Panik nicht effizient genutzt werden können und wo mit großer Wahrscheinlichkeit nicht so bald ein Polizist zur Stelle sein kann. Ich selbst werde, nachdem ich die Munition der ersten beiden Waffen, die ich bei mir tragen werde, ausgeschossen habe, unbemerkt verschwinden können, in der Nähe auf ein Motorrad steigen und mich an einen zweiten dicht bevölkerten Ort begeben, wo ich einsatzbereite, vorher dort deponierte Waffen aufnehmen und meine Tat fortsetzen werde. Ich werde während der gesamten Angelegenheit darauf be-

dacht sein, den aktuell bestehenden Weltrekord an Opfern bei einem Amoklauf zu übertreffen. An diesem zweiten Ort muss ich bereits damit rechnen, aufgrund des am ersten Schauplatz ausgelösten Wirbels auf eine erhöhte Alarmbereitschaft, möglicherweise auf schussbereite Polizei zu stoßen. Ich muss also annehmen, eventuell erschossen zu werden. Falls das nicht der Fall sein sollte, habe ich einen dritten und finalen Ort in petto, an dem ich meine Berühmtheit vollends und für alle Zeit besiegeln werde. Wenn mir dieser Showdown gelingen sollte, wird etwas Ungeheuerliches, vorher nie Dagewesenes passiert sein. Mehr soll hier nicht verraten werden.

Der Autor wird noch einige Kleinigkeiten, persönliche Befindlichkeiten und Ansichten zum Besten geben, denn er weiß, es wird keine weiteren an die Polizei oder an die Presse gesandte Stellungnahmen und keine Videos auf YouTube geben, die seiner Tat eine Art Echtheitszertifikat verleihen sollen. Allein dieser Text wird den Ermittlern am Ende als Bekennerschreiben zur Verfügung stehen: Ich erkläre hiermit im Vollbesitz meiner geistigen und körperlichen Kräfte, dass ich keine Sympathie für Massen-, Serien- oder sonstige Mörder hege. In meiner Musiksammlung befinden sich keine Death-Metal-Scheiben. Ich spiele nur alle paar heiligen Zeiten Ego-Shooter am Computer. Ich wurde von meinen Eltern nie geschlagen. Ich fühle mich von niemandem sonderlich unterdrückt oder vernachlässigt. Ich höre keine Stimmen, die mir den Befehl geben zu töten. Ich nehme nur sehr selten legale oder illegale Drogen zu mir. Ich leide an keiner klinisch diagnostizierbaren Geisteskrankheit. Es gibt auch keinerlei Fälle von Geisteskrankheit in meiner Familie. Ich wurde nicht von meiner Freundin verlassen. Ich bin nicht latent homosexuell. Ich habe insgesamt keine besonderen Probleme mit meiner Sexualität. Ich glaube nicht stärker an Verschwörungstheorien als jeder andere. Ich habe kaum etwas gegen jedwede Religion einzuwenden. Ich bin in keinen über das normale Maß hinausgehenden Hass gegen Politiker und Wirtschaftsbosse verstrickt. Ich sehe den baldigen Untergang der Welt und der Menschheit nicht gegeben. Ich liebäugle nicht mit satanistischen Ideologien. Ich will mich an niemandem rächen, ich will überhaupt niemanden rächen.

Meiner Tat, die bis zum Tag ihrer Ausführung von literaturwissenschaftlicher Seite als gesellschaftskritische Phantasie oder vom Lager der Journalisten und Leser bloß als zu vernachlässigende Wichtigtuerei eines Schriftstellers angesehen werden wird, ist es mehr oder minder vorbestimmt, für die sogenannte Öffentlichkeit zumindest eine Zeitlang und vielleicht für immer ein Rätsel zu bleiben, wobei festzuhalten ist, dass es an der ganzen Sache in meinen Augen, und diese Augen verstehen sich auch darauf, sich in den Köpfen anderer Erdenbewohner einzunisten, ganz und gar

kein Rätsel gibt. Ich werde getan haben, was ich getan haben werde müssen.
Oder besser gesagt:
Ich werde getan haben, was ich nicht nicht getan gedurft haben werde.
Der Autor wird hin und her überlegen und schließlich entscheiden, dem Text noch eine Antwort auf die Frage nach dem Warum hinzuzufügen. Von allen handschriftlichen Entwürfen wird ihn jedoch nichts befriedigen, nur die Worte eines schon verstorbenen Dichters werden seiner Ansicht nach der Wahrheit am nächsten kommen und deshalb allein seine radikalen Streichungen überstehen. Das betreffende Zitat, das den Text abschließen wird, wird lauten:
Durch deine Maske schaust du mich an. Du siehst einen anderen.

Henry Kissinger und ich teilen ein Taxi

Ich stehe an der Rückseite der Penn Station in Manhattan und halte mit erhobenem Arm Ausschau nach einem Taxi. Ein Obdachloser hat mich vor einer Minute angesprochen, ob ich ein Cab brauche, und er steht jetzt drei Meter weiter links, um eines vor mir aufzuhalten, und ich versuche, eine Ein-Dollar-Note aus dem gerollten Geldbündel in meiner Hosentasche zu ziehen, in der Hoffnung, auf Anhieb einen passenden Schein zu erwischen, denn herausholen will ich das fette Bündel vor seinen Augen dann doch nicht. Der Obdachlose geht ein Stückchen links um die Ecke, da hält ein Taxi, ich lasse das Dollarbündel in meiner Tasche los und steige ein. Erst als ich drinnen bin, bemerke ich, dass auf dem Platz hinter dem Fahrer ein alter Mann sitzt, und mein erster Reflex ist, mich zu entschuldigen und wieder auszusteigen, aber der Taxilenker ist schon im Begriff, Gas zu geben, und ich bin gezwungen, die Türe schnell zu schließen, damit sie nicht in den Wagen neben uns kracht.
Where you wanna go?, höre ich den Fahrer fragen. Ich werfe einen Blick auf den alten Mann neben mir, der aber schenkt mir keine Aufmerksamkeit, sondern schaut aus dem Fenster, also denke ich, weil ich sonst keine Erklärung habe, dass das viel-

leicht die letzte Fuhre für heute ist, dass der Fahrer auf dem Heimweg ist, mich nur noch ausnahmsweise mitnimmt und dass es sich bei dem alten Herrn da vielleicht um seinen Vater oder Onkel handelt, den er nach Hause führt. Irgendsoetwas jedenfalls schießt durch meinen Kopf, und ohne weiter nachzudenken, denn es ist ja davon auszugehen, dass der hinter dem Steuer eine Ahnung hat, dass er zwei Leute im Auto transportiert und also weiß, was er tut, sage ich: 2nd Avenue and 112th Street, please, und der Fahrer schaltet den Taxameter ein, und ich kurble mein Fenster herab, frage, ob ich rauchen dürfe, versuchen kann man es ja, und der Fahrer, ein dicklicher Typ mit mexikanischem Einschlag meint, ihn würde es nicht stören, ich solle nur aufpassen, dass es die Polizei nicht sehe, und höflichkeitshalber wende ich mich auch zu dem alten Mann, der immer noch, sein Gesicht von mir abgewandt, aus dem Fenster blickt, und sage: Excuse me. Do you mind, if I smoke?, und als er sich zu mir dreht und „No" sagt, sehe ich plötzlich, dass dieser alte Mann Henry Kissinger ist, ich erkenne ihn, das zerfurchte Gesicht mit der markanten Nase, die Warze über der rechten Augenbraue, die Hornbrille, und ich bin zu überrascht, um mehr als „Fine" antworten zu können, er wendet sein Gesicht wieder dem Treiben draußen zu, und ich zünde mir endlich meine Zigarette an. Während ich rauche, schiele ich mehrmals zu meinem Mitpassagier hinüber, und ich bin überzeugt,

dass er es wirklich ist, es besteht kein Zweifel, es müsste andernfalls schon der perfekte Doppelgänger sein, aber um alles in der Welt: Was hat Henry Kissinger in einem Taxi zu suchen, das uptown fährt, wieso hat er keine Limousine mit Chauffeur? Ich bin kurz versucht, mir selbst zu unterstellen, dass ich nicht mehr ganz bei Trost bin, aber ein Blick nach links reicht aus, um wieder sicher zu sein: Ich sitze neben Henry Kissinger. Seine Hände liegen gefaltet auf den Beinen, er trägt einen grauen Fresko-Anzug, ein Hemd aus Zephir, und der leichte Duft eines Herrenparfums, vielleicht so etwas wie Acqua di Parma oder Halston, geht von ihm aus, gemischt mit dem typischen Altmännergeruch, und seine Nase glänzt ein wenig vom Schweiß, denn es ist nicht gerade ein kühler Tag heute.
Ich sitze also mit Henry Kissinger in ein und demselben Auto, denke ich. Sollte ich nicht die sich für mich wahrscheinlich nie wieder bietende Gelegenheit beim Schopf packen und ihn etwas fragen? Es auf den Versuch ankommen lassen, ihn in ein Gespräch zu verwickeln? Ich überlege, was ich ihn fragen könnte. Ihn gleich mit einer sehr spezifischen Frage aus der Reserve locken? Ist es wahr, Mr. Kissinger, dass der CIA…? Oder: Wissen Sie, Mr. Kissinger, ob es stimmt, dass der Einsturz des World Trade Centers…? Oder: Ist etwas an dem Gerücht dran, Mr. Kissinger, dass…
Vielleicht wäre es aber interessanter, denke ich mir dann, eine ganz profane Bitte an ihn zu richten

oder ihm eine allgemeine Frage zu stellen. Mr. Kissinger, können Sie mir bitte die Welt erklären? Was da genau abläuft, wer mit wem und wie und warum so und nicht anders, und gibt es da einen Trick? Ich mutmaße allerdings, dass die Beantwortung einer so universellen Frage den Rahmen dieser Taxifahrt sprengen würde, denn immerhin sind wir trotz des zähen Verkehrs schon auf Höhe der 81st Street, wo der Fahrer in den Central Park einbiegt, und außerdem habe ich ja keinen blassen Schimmer, wann Henry Kissinger letztlich aussteigen wird.

Vielleicht wäre aber auch etwas ganz Persönliches das Richtige, à la: Mr. Kissinger, erlauben Sie mir die Frage, was ist das für ein Parfum, das Sie benutzen? Das und seine Antwort wären eine nicht unoriginelle Anekdote, die ich dann im Lauf meines Lebens immer wieder zu den richtigen Anlässen in der passenden Gesellschaft mit lässiger Beiläufigkeit zum Besten geben könnte, und die ungläubigen Blicke meiner Zuhörer wären mir garantiert.

Ich werfe meine mittlerweile bis zum Filter heruntergebrannte Zigarette aus dem Fenster, und – ich schwöre, dass es wahr ist – in demselben Moment fällt durch das geöffnete Dachfenster etwas auf meinen Schoß, worüber ich im ersten Augenblick erschrecke, denn es ist eine fast handtellergroße Libelle, aber auf den zweiten Blick sehe ich, dass sie tot ist, denn sie liegt starr auf dem Rücken, und ich beruhige mich wieder und berühre sie sacht mit dem Finger, sie ist wirklich tot, und ich will schon laut kundtun: Look, a dragonfly came through the window, aber dann erscheint mir das auf einmal irgendwie lächerlich, so etwas zu sagen, irgendwie fühle ich, dass man mir keinen Glauben schenken würde, denn es ist doch wahrlich nicht alltäglich, dass man in New York mit dem Taxi durch den Central Park fährt und einem plötzlich eine tote Libelle auf dem Schoß landet, also halte ich den Mund und lasse sie liegen, wo sie ist.

Inzwischen haben wir den Central Park hinter uns gelassen, und der Fahrer biegt auf die 3rd Avenue ab, und nur noch wenige Minuten trennen mich von meinem Ziel. Wenn ich Henry Kissinger etwas fragen will, dann sollte ich mich ein wenig beeilen, denke ich. Ich blicke zu ihm, er hat nach wie vor den Kopf nach links gedreht, zum Fenster hin, und mir will es einfach nicht gelingen, etwas zu sagen. Stattdessen bin ich wie gebannt von seinem Anblick.

Henry Kissinger sitzt einfach da, in diesem Taxi, hinter dem Fahrer, und schaut aus dem Fenster, und ich denke, dass dieser alte Mann sich vielleicht den ganzen Tag so durch New York fahren lässt, während ihn die Welt im Weißen Haus oder sonst wo wähnt, und irgendwie rührt mich der Gedanke, und als ich bei einer der nächsten Ampeln sehe, dass sich der Endpunkt meiner Fahrt jetzt nur noch einen Block weiter befindet, beschließe ich, ihn nichts zu fragen, ihn einfach weiter in Ruhe aus dem Fenster schauen zu lassen, aber dann kommt mir plötzlich eine Idee, und ich nehme die tote Libelle und lege sie ihm vorsichtig und darauf bedacht, dass er nichts davon mitbekommt, auf die Beine, zwischen die Ärmel seines Sakkos mit dem schönen Fresko-Stoff. Und tatsächlich gelingt es mir, dass er nichts bemerkt und nur weiter aus dem Fenster schaut, und da biegt das Taxi auch schon in die 112th Street ein und bleibt an der Ecke zur 2nd Avenue stehen, und der Fahrer drückt auf den Taxameter, dreht sich zu mir um, nennt mir den Preis, und nachdem ich ihm eine Zwanzig-Dollar-Note gegeben habe, werfe ich noch einen letzten Blick auf Henry Kissinger, und er sieht mich auf einmal auch an, und ich überlege, wie ich mich von ihm verabschieden soll, und da fällt mir ein, dass er ja deutsch spricht, also sage ich: Auf Wiedersehen, Herr Kissinger, und er nickt und sagt: Goodbye, und schon bin ich ausgestiegen, und schon habe ich die Türe hinter mir zugeworfen, und schon hat der Fahrer wieder Gas gegeben, und schon ist der Wagen jetzt nur mehr eines von vielen anderen gelben Taxis in Manhattan, die an diesem Spätnachmittag Ende September die 2nd Avenue hinunterfahren.

Der Innenhof des Komplexes

Ein Erlebnisaufsatz

Bei besagtem Künstlerfest, das letzte Pfingsten anlässlich einer Museumseröffnung in einer Kleinstadt, etwa eine Autostunde von der Hauptstadt entfernt, stattfand, war ich in Begleitung einiger Freunde erschienen. Der Künstler, dem man das neue Museum gewidmet hatte, war mir bekannt, und seine Arbeit, die sich grob gesprochen um die Freilegung archaischer menschlicher Riten dreht, hatte schon früher, in meiner Schulzeit, mein Interesse geweckt. So diskutierten wir auch im Auto über das Werk des Künstlers und seine Bedeutung für die Kunstgeschichte, bis wir beim Museum angelangt waren.
Wir parkten nahe des Eingangs, von wo man eine Musikkapelle spielen hören und eine Menge von Menschen sehen konnte, die sich in das Innere des Museumskomplexes bewegten.
Als einer, der sich lieber allein mit Kunst auseinandersetzt, separierte ich mich gleich nach unserer Ankunft beim Ausstellungsgebäude von meinen Freunden und nützte die soeben stattfindende Eröffnungszeremonie im Innenhof, um durch die besucherleeren Ausstellungsräume zu schlendern.

Als ehemaliger, wenn auch nur zeitweiliger Theologiestudent und als Sohn fortschrittlicher Eltern, die mich schon im Kindesalter mit moderner Kunst konfrontiert hatten, sprachen mich die Exponate durchaus an. Ich wusste die religiösen Symbole zu deuten und erkannte in meinem Herzen die Suche des Künstlers nach Wahrheit und Erleuchtung als etwas Statthaftes und Schönes, wenngleich ich auch beim Durchschreiten der Räume wegen des Geruchs nach Firnis und gesägtem Holz öfter von dem profanen Eindruck heimgesucht wurde, mich in einem Baumarkt zu befinden.

Wenig später gesellte ich mich wieder zu meinen Freunden. Auch sie hatten mittlerweile Teile der Ausstellung besichtigt, und so tauschten wir Eindrücke aus und verloren uns in weitschweifigen Interpretationsversuchen einzelner Schaustücke.

Als es zu dämmern begann, wurden alle Gäste zum Abendessen gebeten. Mehrere Reihen von Heurigentischen standen auf der Terrasse des Museumsgebäudes, und Kärtchen mit unseren Namen wiesen uns unsere Sitzplätze zu. Rechts von mir saß ein deutscher Künstler, mit dem ich aufgrund gegenseitiger Antipathie den ganzen Abend über kein Wort wechselte, links von mir nahm meine Begleitung Platz, eine junge Frau, die ich vor wenigen Wochen bei einer ähnlichen Veranstaltung kennengelernt hatte.

Befangen, wie ich mich oft unter Menschen fühle, trank ich schnell einige Gläser Wein, mit der

Hoffnung, eben diese Befangenheit ablegen zu können, aber an diesem Abend wollte es mir nicht recht gelingen. Als ich mich erhob, um zum Buffet zu gehen, merkte ich, dass der Alkohol, dessen Wirkung ich schon verhältnismäßig stark spürte, diesmal meine Befangenheit eher auszuweiten schien. Ich bildete mir ein, dass alle Blicke auf mich gerichtet waren, während ich mich mit wohl seltsamem, steif-gestelzt anmutendem Schritt dem Buffet näherte. Ich hatte die fixe Idee, auf besondere Weise allen anderen aufzufallen und dachte, dass es am besten wäre, wenn ich einfach täte, was die anderen taten, und griff mir also, als ich dran war, einen Teller und wartete in der Reihe, die sich zu den Tischen mit den Speisen vorwärtsschob. Dann war ich jedoch zu ungeduldig und überholte die vor mir Wartenden, um an einer anderen Stelle des Buffets damit zu beginnen, meinen Teller zu beladen. Ich musste wohl gerade in Gedanken gewesen sein über die Farben der verschiedenen Nahrungsmittel und die Bedeutung von Farben für das Werk des hier gefeierten Künstlers, als es geschah: Ich war von einem Mann, der eine Kamera mit dem Logo des staatlichen Fernsehens geschultert hatte, ins Visier genommen worden und wurde gefilmt.
Augenblicklich war ich mit der Gewissheit konfrontiert, dass die Situation, die ich soeben durchlebte, für die Berichterstattung verwendet werden und möglicherweise Hunderttausende mich so

dastehen sehen würden, wie ich eben gerade so dastand.

Die erste Überlegung meinerseits war, eine Grimasse zu schneiden oder etwas anderes die Tauglichkeit meines Anblicks Vereitelndes zu unternehmen, aber schon während der scheinbar reaktionsschnellen Ausführung meines Vorhabens wurde mir bewusst, dass ja gerade solche Entgleisungen oder Ausfallshandlungen bei derartigen Berichterstattungen hoch im Kurs stehen – sprachen sie doch nach Meinung der verantwortlichen Redakteure Bände über die Außergewöhnlichkeit eines solchen Events. Und tatsächlich war es schon quasi im Vorhinein zu spät: Schon hatte ich ein Gesicht gezogen und den Löffel mit dem Schnittlauch, den ich gerade in die Hand genommen hatte, auf überzeichnet großzügige Weise quer über meinen Teller geleert. Die Szene war ohne die Möglichkeit einer Wiedergutmachung im Kasten. Bestürzt musste ich zur Kenntnis nehmen, wie das Kameraauge abschwenkte und seinen Weg weiter durch den Gästestrom grub.

Blitzschnell formierte sich der Gedanke in mir, dass man, egal was man in so einem Fall macht, just das Falsche macht. Und die Vorstellung, vom Publikum einer Hunderttausendschaft dabei betrachtet zu werden, wie ich an der Aufgabe scheiterte, sich von der auf einen gerichteten Kamera nicht beeindrucken zu lassen, war schier unerträglich.

Betäubt vom Alkohol und dem, was soeben geschehen war, saß ich kurz darauf wieder bei Tisch neben meiner Begleitung und meinen Freunden. Auch sie hatten sich mittlerweile bedient, und jeder warf einen schnellen Blick auf den Teller der anderen, wie um aufgrund der jeweils getroffenen Wahl Mutmaßungen über das Temperament oder die Verfassung dieses und jenes anzustellen.
Wir saßen also da und kauten und spülten die Bissen mit Wein hinunter, da drehte ich mich meiner Begleitung zu, um ihr etwas zuzuraunen. Sie antwortete mir, und als ich meinen Blick von ihr abwandte, bemerkte ich mit Schrecken, dass es schon wieder passiert war: Am Ende des Tisches stand der Kameramann, der uns sichtlich die letzten Sekunden lang gefilmt hatte und noch weiter filmte, und schon schwenkte er ab und bewegte sich von uns fort.
Die Situation bei Tisch ließ es nicht zu, dass ich intensiv darüber nachdachte, denn gegen meinen Willen wurde ich in ein Gespräch verwickelt, und das ging so lange weiter, bis das Essen ein Ende gefunden hatte und die meisten Gäste hinunter, in den Innenhof, übersiedelt waren, wo die Musikkapelle erneut zu spielen angesetzt hatte.
Als sich auch meine Freunde vom Tisch erhoben, um nach unten zu wechseln, entschuldigte ich mich und ging wieder ins Innere des Museums. Innerhalb eines Sekundenbruchteils durchlief mich eine Gedankenkette, die sich vom Aufspüren des

Kameramanns über die Ermordung desselben bis zur Zerstörung der Kamera und der Aufnahmekassette fädelte. Dieser Phantasie und des Umstands wegen, dass mein alkoholisierter Zustand meine Selbstbeherrschung immer noch beeinträchtigte, schützte ich, als ich von meiner Begleiterin, die mir gefolgt war, aufgefordert wurde, beim allgemeinen Tanz im Innenhof des Museumskomplexes teilzunehmen, Knieschmerzen vor und versicherte, auch als Unbeteiligter auf meine Kosten zu kommen. Sie war mit der Ausrede zufrieden, und schon war ich wieder allein.
Während also meine Freunde ausgelassen tanzten, saß ich abseits der Feiernden und dachte nach, wie ich die Ausstrahlung des Beitrags verhindern könnte. Ich wäre in Wahrheit gerne ebenso ausgelassen gewesen wie sie, aber es war mir unmöglich. Ich machte mir Vorwürfe: Wie hatte es nur passieren können, dass ich nicht geistesgegenwärtig genug war, auf das Erscheinen der Kamera angemessen zu reagieren? Wieso hatte ich nur einen Löffel mit Schnittlauch in der Hand, als einzige Waffe gegen den Voyeurismus der Zuschauer des Abendprogramms? Weshalb überraschte mich das Kameraobjektiv gerade in dem Moment, als ich meiner Begleitung etwas zuraunte? Weil wir, als schönes Paar, einen Blickfang darstellten? Wäre ich an diesem Abend allein gewesen, vermutlich wäre kein Kameramann auf die Idee gekommen, mich ins Visier zu nehmen. Schließlich gibt es nichts

Aussageloseres als einen jungen Mann, der bei einem Künstlerfest an einem Tisch sitzt und regelmäßig einen Schluck aus seinem Weinglas nimmt und ansonsten vielleicht nur dadurch auffällt, dass er sich professionell zu langweilen versteht. Nein, in Wirklichkeit wollte der Kameramann wohl nur meine Begleitung, die junge Frau, filmen, ihre Gegenwart, ihr Lachen, ihren Ausschnitt festhalten, und mich nahm er wahrscheinlich bloß als notwendiges Übel, als Anhängsel in Kauf, als einen, der eben gerade auch zufällig im Bild ist, ein Detail am Rand des Motivs.

Wieder wurde ich von Gewaltphantasien überwältigt, die sich nur um die Beseitigung des Kameramanns drehten. Ich stellte mir vor, wie ich ihm allein im Dunkeln begegnen, ihm mit einem zuvor beim Buffet entwendeten Messer die Kehle durchschneiden, die Kassette aus seiner Kamera an mich nehmen und dann unerkannt verschwinden würde. Das Blut auf den Leinwänden im Museum schien eine solche Tat herauszufordern, die Bilder schienen zum Himmel zu schreien, dass es Zeit dafür sei, ein Opfer zu bringen. War denn nicht Pfingsten?, schoss es mir durch den Kopf. Sprach denn Petrus in seiner Pfingstpredigt etwa nicht vom Blut als Zeichen unten auf der Erde, und war denn nicht auch der Mond in Blut verwandelt? Ich blickte zum Himmel auf und sah den Vollmond wie den Bauch einer Schwangeren, und ich fühlte schon die Kraft in meinem Arm, die es brauchen würde, einen schnell ergriffenen Holzprügel auf den Kopf des Kameramanns hinuntersausen zu lassen, und, o mein Herr, dein Tag, der große und herrliche Tag wird kommen. Ich schenkte mir noch Wein nach und blickte auf meine tanzenden Freunde. Meine Begleitung, die junge, attraktive Frau, hatte sich von ihren Sandalen befreit und tanzte jetzt barfuß. Alle Tänzer hatten einen Kreis gebildet und einander an den Händen gefasst, während die Musikkapelle den Rhythmus noch schneller voranpeitschte. Der Begriff „Perichorese" kam mir in den Sinn, und ich dachte, dass meine Freunde es gut hatten, sie ahnten nichts von meinem Leid: Entweder waren sie nicht gefilmt worden oder sie hatten sich vor der Kamera richtig verhalten, keine Gesichter gezogen, keine Ulknummer vorführen müssen; sie waren einfach sie selbst gewesen. Ich beneidete einen Moment lang diese Menschen, die in der Lage waren, ganz normal sein zu können.

Als die wilde Musik zu Ende war und die Band ein langsameres Stück intonierte, lief meine Begleitung von der Tanzfläche her zu mir und fragte mich, ob ich nicht doch Lust hätte mitzutanzen. Ich schüttelte den Kopf und genoss dabei die Süße der Rache. Schließlich war sie dafür verantwortlich, dass ich ins Bild der Kamera geraten war. Ich wollte sie das auch für den Rest der Nacht spüren lassen. Danke, ich kann mich auch allein amüsieren, antwortete ich also und schnippte meinen

Zigarettenstummel in das knöchelhohe Wasserbassin in der Mitte des Innenhofs des Museumskomplexes. Dann sah ich zu, wie meine Begleitung dorthin zurückkehrte, wo die Musik spielte, und sich anstandslos wieder in den Kreis der Ringtänzer einfügte, als wäre nichts geschehen. Ich fuhr eine Zeitlang mit der Betrachtung der ausgelassenen Menschen fort, und als mein Glas und auch die Flasche geleert waren, stand ich auf und ging ins Museum. Vor dem Schild mit der Aufschrift „Toiletten" merkte ich erst, wie dringend ich schon aufs Klo musste. Ich stellte das leere Glas, das ich mitgenommen hatte, um etwas in der Hand zu haben, wenn ich mich vor den Augen so vieler Festgäste durch das Anwesen bewegte, auf die Ablage der Garderobe und ging Richtung Herrentoilette. Als ich dort am mittleren Urinal stand, registrierte ich mit einem Seitenblick, wie sich die Tür öffnete und ein Mann sich an das Becken rechts von mir stellte. Ein zweites kurzes Hinüberschielen reichte aus, um zu erkennen, dass es der Kameramann war. Eine Sekunde lang setzte vor Schreck mein Harnstrahl aus. Ich wusste, dass so eine Gelegenheit nicht wieder kommen würde. Ich zog den Reißverschluss hoch, trat vom Urinal zurück und tat so, als würde ich meine Kleidung ordnen. Der Kameramann summte leise ein Lied. Ich wusste, das war die einzige Chance. Ich dachte nach, ob ich ihn bitten sollte, mich doch aus der Berichterstattung herauszuschneiden, und

beschloss, ihm all mein Geld, das ich bei mir trug, dafür anzubieten. Aber als ich den Mund öffnete, um zu sprechen, um alles zu klären, um dieses Unheil, das mir widerfahren war, aus der Welt zu schaffen, kam kein Laut aus mir. Es war gerade so, als hätte Gott mich mit Stummheit geschlagen. Dann war es auch schon zu spät. Der Kameramann hatte sein Geschäft verrichtet, er drehte sich um, kurz kreuzten sich unsere Blicke, er lächelte gedankenverloren, dann ging er, ohne sich die Hände gewaschen zu haben, hinaus. Es war vorbei.
Ich öffnete eine Minute später die Tür und ging langsam zurück ins Museum. Vor dem Panoramaglas blieb ich stehen und blickte hinaus, wo die Musikkapelle immer noch ihre Instrumente bearbeitete. Kurz fühlte ich mich fast überwältigt von der Lust, mich auszuziehen und nackt im Wasser des Innenhofbassins zu tanzen, vor den Augen aller Gäste und dem Objektiv der Kamera, somit also auch vor den Augen der hunderttausenden Fernsehzuschauer des nächsten Tages, wie um dadurch meine Ungeschicklichkcit, mein Versagen am Buffet übertünchen zu können.
Einmal noch lief mir der Kameramann über den Weg. Das Team hatte sichtlich abgedreht und war nun dabei, die Gerätschaft zum Auto zu tragen. Ich spuckte aus, als er an mir vorüberging. Er merkte es nicht einmal. Während ich ihm nachblickte, spielte ich blitzschnell in meinem Geist das Szenario durch, dass ich vielleicht unbemerkt ein Loch

in einen Autoreifen stechen könnte, und in einer Kurve auf der Landstraße würde der Reifen platzen, der Kombi käme ins Schleudern, würde sich im Feld überschlagen, Feuer fangen und ausbrennen. Die Insassen könnten sich meinetwegen retten, die Kamera und die Kassetten mit dem Filmmaterial für den morgigen Bericht jedoch müssten ein Raub der Flammen werden. Aber ein spitzes Messer war nicht bei der Hand, und dann war das Team längst auf und davon, ganz abgesehen davon, dass mir auch hierzu der Mut fehlte.
Es erübrigt sich zu sagen, dass ich an diesem Abend kaum mehr für etwas zu haben war. Ich informierte bei der nächsten Gelegenheit meine Freunde davon, dass ich müde sei und demnächst fahren wolle, und bald hatte ich sie, die vom Tanzen auch schon ein wenig erschöpft waren, dazu gebracht, dass wir alle die Heimreise antreten konnten.
Am nächsten Abend saß ich, als die tägliche Sendung anfing, die über Gesellschaftsereignisse und Szenefeste berichtet und in der mit Sicherheit auch der Beitrag über das besagte Künstlerfest gezeigt werden würde, vor dem schwarzglänzenden Bildschirm des ausgeschalteten Fernsehers. Ich hatte eine Flasche Wein geöffnet und mir ein Glas eingeschenkt. Lange starrte ich auf die leere Mattscheibe. Als die Uhr über dem Fernseher viertel nach acht zeigte, wusste ich, dass es nun geschehen war: Hunderttausende waren Zeuge meines Schei-

terns bei Tisch und am Buffet des Künstlerfestes geworden. Ich starrte weiter auf den deaktivierten Fernseher.

Als plötzlich mein Handy läutete, ging ich nicht ran, sondern führte nur mein Glas zum Mund, sicher nicht viel anders – so durchzuckte der Gedanke meinen Kopf – als Jesus und seine Jünger beim letzten Abendmahl, als sie den Kelch mit dem Wein nahmen und ihn an ihre Lippen setzten und reihum gehen ließen. Die Apostel haben ja darüber berichtet.

Richtung

Eines Tages hat es mir gereicht. Ich habe mir einen Aktenvernichter gekauft und meine gesamte, über Jahre hinweg aufbewahrte Korrespondenz sowie alle persönlichen Aufzeichnungen geschreddert. Dann habe ich begonnen, in meiner Wohnung Ordnung zu machen, jede Schublade komplett ausgeräumt, alles Unbrauchbare weggeworfen und den Rest ergonomisch sortiert. Ich habe meine Bücher, Tonträger, DVDs und Computerspiele alphabetisch geordnet. Jene, für die ich mich aus welchem Grund auch immer geniere, habe ich entsorgt. Ich habe jeglichen Krimskrams von der sichtbaren Oberfläche meiner Wohnungslandschaft entfernt. Ich habe sogar die Geldscheine in meinem Portemonnaie nach aufsteigendem Wert gereiht. Ich habe alles, was im Haushalt reparaturbedürftig war, repariert, Glühbirnen ausgewechselt, die defekte Jalousie im Schlafzimmer hergerichtet. Ich habe Grundnahrungsmittel und Hygieneartikel sowie Haushaltsreiniger auf Vorrat gekauft und verstaut, sodass ich sofort, wenn mir etwas ausgeht, ein Ersatzprodukt zur Verfügung habe. Ich habe meine Kleidungsstücke aussortiert. Nur noch die nötigsten Garnituren sind übriggeblieben. Skianzug und Badehosen habe ich zur Kleidersammlung getragen. Ich habe das Zimmerklavier stimmen lassen. Ich habe mir einen neuen Computer gekauft, die Festplatte des alten habe ich einen Monat lang in einem Kübel mit Wasser liegen gehabt, bevor ich sie mit Werkzeugen bearbeitet und hoffentlich vollends unlesbar gemacht habe. Ich habe mir die neuesten technischen Geräte zur Vereinfachung alltäglicher Verrichtungen angeschafft, alle mit verlängerter Garantie oder Extra-Versicherung, und ich habe dafür gesorgt, dass für alle Fernbedienungen ausreichend Ersatzbatterien vorhanden sind. Ich habe zuerst diejenigen Fotos, auf denen ich nicht vorteilhaft aussehe, letztlich dann aber sämtliche Fotos, die ich finden konnte, ebenfalls durch den Aktenvernichter geschickt. Ich habe ausständige Rechnungen bezahlt und meine Mitgliedschaften beziehungsweise Abonnements bei Autofahrerclub, Tierschutzverein und TV-Magazin gekündigt. Ich habe einen Waffenschein beantragt. Ich habe meine in den letzten Jahren dank eBay komplettierte Sammlung von Film-Kurieren aus den Kriegsjahren katalogisiert und in durchnumerierte Kartons geschlichtet. Ich habe die Schlösser an meiner Eingangstür durch neuartige Sicherheitsschlösser ersetzen und für die gesamte Wohnung eine Alarmanlage installieren lassen. Ich habe mir Installateur und Rauchfangkehrer ins Haus bestellt, um für Therme und Heizung ein Service machen zu lassen. Eine Putzfrau hat einen ganzen Tag lang jedes noch so verstellte Eck meiner Wohnung von Staub befreit. Ich habe mir eine

Bohrmaschine und ein Werkzeugset gekauft, um notfalls alles selbst reparieren zu können. Sämtliche Gegenstände, die ich im Alltag häufig benötige, habe ich so platziert, dass ich sie jederzeit ohne Umstände bei der Hand habe. Ich war beim Friseur, beim Zahnarzt und habe einen kompletten Blutbefund machen lassen. Ich bin bei bester Gesundheit. Ich habe mir Hanteln, ein Zimmerfahrrad und eine Gewichthebebank besorgt, um bei Bedarf etwas für meine Kondition tun zu können. Meine Bar und mein Weinregal habe ich so ausgestattet, dass sie nahezu allen Ansprüchen genügen. Selbst für den Fall, dass ein Gast den Wunsch äußern sollte, einen Bénédictine oder einen Château Mouton Rothschild Jahrgang 1968 zu trinken, ist eine solche Flasche vorhanden. In der Gefriertruhe befinden sich vorportionierte Speisen für fast ein Jahr. Auch was Medikamente anbelangt, habe ich vorgesorgt. Schön säuberlich, in kleinen Plastiksäckchen, liegen in meinem Badezimmerschrank verschiedene Arzneien, sodass ich für nahezu jede Krankheitssituation gerüstet bin. Ich habe mir den aktuell schnellsten Internetanschluss legen lassen, außerdem ein Telefonsystem angeschafft, wie es auch in Büros genutzt wird, und kann nun in jedem Zimmer meiner Wohnung telefonieren und im Internet surfen. Die Ordner auf dem Desktop meines Laptops stehen waagrecht in einer Reihe. Meine Handywertkarte habe ich mit einem so hohen Betrag aufgeladen, dass ich über Monate be-

denkenlos selbst ins Ausland telefonieren könnte. Für Gas, Strom und Miete habe ich sowieso Abbuchungsaufträge. Ich habe mir eine Zimmerpflanze gekauft und ein Bewässerungssystem installiert, sodass ich mich diesbezüglich um nichts kümmern muss. Auch ein Aquarium mit automatischer Fütterungsanlage musste sein. Es macht wenig Schmutz und ist hübsch anzusehen.
Eigentlich habe ich ja mit dem Gedanken gespielt, mich umzubringen, aber seitdem ich in dieser perfekt ausgestatteten Wohnung lebe, bin ich wieder davon abgekommen. Ich glaube, ich hätte jetzt gerne eine Frau und ein Kind.

Napoleon

Allerdings war seine Persönlichkeit eine überlegene. Die Hauptsache aber bestand darin, daß die Menschen gewiß waren, ihre Zwecke unter ihm zu erreichen. Deshalb fielen sie ihm zu, so wie sie es mit jedem tun, der ihnen eine ähnliche Gewißheit einflößt. Fallen doch die Schauspieler einem neuen Regisseur zu, von dem sie glauben, daß er sie in gute Rollen bringen werde. Dies ist ein altes Märchen, das sich immer wiederholt; die menschliche Natur ist einmal so eingerichtet.

Goethe, Gespräche mit Eckermann

Als wir in Reih und Glied die Straße an der Flanke des Schlachtfelds hinaufmarschierten, trat mir zum ersten Mal ins Bewusstsein, worauf ich mich da eingelassen hatte. Aber sich aus dem Staub zu machen, dafür war es zu spät, das war mir ebenso klar. Eingequetscht zwischen meinen mitunter recht stark schwankenden Kombattanten, was hauptsächlich daran lag, dass wir vorher die Schnapsflasche tüchtig reihum gehen hatten lassen, fühlte ich mich in einem Sog von Gemeinschaftlichkeit. Unser gesammeltes Potential an Körperlichkeit, an Kraft bildete eine Art magnetischer Wolke, auf der wir unserem Schicksal entgegengetragen wurden.

Viele der Menschen, teils Bewohner des anliegenden Dorfes, teils Zugereiste, die die Ränder der Straße säumten, die wir hochstapften, hatten Kameras in der Hand, und bei jedem Blitzlicht, das uns ins Gesicht geworfen wurde, musste ich daran denken, wie diese Leute später in ihren warmen Wohnungen die Fotos betrachten würden, und ich fragte mich, ob einer von ihnen wohl dabei auch einen Gedanken an die Tatsache verschwenden würde, dass es einzig und allein am Zufall lag, dass ich es war und nicht er, der da in die Schlacht zog, anstatt selbst am Wegesrand zu warten, um Erinnerungsfotos zu schießen.

Das Getriebe der Schaulustigen und der Soldaten der anderen Regimenter, das Gewühl der vielen bunten Kleidungsstücke und Uniformen verwirrten mich zugegebenermaßen etwas. Ich wusste nicht, welcher Regung ich nachgeben sollte, der Neugier und der Furcht vor dem, was mir da an Überraschungen und neuartigen Erfahrungen bevorstand, oder dem Impuls, angesichts der gnadenlosen Vorherbestimmung des Schlachtenverlaufs und dem teils blutigen Ernst in den Mienen meiner Mitstreiter loszulachen. Auch machte mir diese Stimme irgendwie zu schaffen, die aus den rund um das Kampfgebiet aufgestellten Lautsprechern kam, denn sie schien in ihrem sachlich-dozierenden Ton so gar nicht zur allgemeinen, aufgeheizten und erwartungsvollen Stimmung zu passen.

Dann ging es schon los, verhältnismäßig unspektakulär, nur mit einem von unserem Regimentsführer abgehackt gebelferten Kommandoruf. Es geschah so beiläufig, dass man ahnen konnte, dass sich das Gefecht organisch aufbauen, aus dem Nichts sich nachgerade gemächlich zu ersten Schusswechseln entwickeln und dann erst umschlagen würde zu handfestem Dauerfeuer, zunächst mit leichter, schließlich mit starker Artillerie, um dann irgendwann, nach einem Höhepunkt, wieder schwächer zu werden und zu versiegen. Anfangs, als wir die Schlachtordnung in unseren Reihen noch aufrecht erhalten konnten, feuerten wir synchrone Salven, im weiteren Verlauf jedoch, je geringer die Entfernung zu Napoleons Truppen wurde, schoss jeder, so schnell er nur laden konnte, und jegliche Formation löste sich auf.

Das Vorwärtskommen war mühselig. Im nassen Boden sank man knöcheltief ein, und schon nach wenigen Metern klebte ein schwerer Ballen von Erde an den Schuhen, und mit jedem Schritt wurde es schwerer, die Füße zu heben. Ich glaube, jeder von uns war froh, dass wir uns vorher am Schnaps gütlich getan hatten, denn er schenkte uns mehr Ausdauer und ließ uns alle Mühsal und Widrigkeit erträglicher sein.

Es war merkwürdig. Die Zeit verging einerseits wie im Flug, andererseits schien nichts weiterzugehen. Jede Bewegung wurde ausgeführt, als steckten wir in einem großen Glas Honig. Zeitweise war unsere

Truppe komplett vom Pulverdampf der von allen Seiten abgefeuerten Kanonen und Gewehre so eingenebelt, dass man buchstäblich die Hand vor Augen nicht mehr sehen konnte. In diesen Sekunden und manchmal Minuten glaubte ich mich in einem Traum.
Das Getümmel hatte, trotz der scheinbaren Regelmäßigkeit des Ablaufs, trotz der penibel ausgeführten strategischen Schachzüge, etwas Ungehobeltes, Brachiales, Sperriges, als würden hier zwei Momente aufeinanderprallen, das verschlingende der Kriegshandlung per se gegen das einander abstoßende der beiden Heere. Und je mehr es den Anschein dieses Sperrenden hatte, sperrte sich alles auch gegen mich, und umso stärker fühlte ich mich am Leben. Es lässt sich nicht einfach beschreiben, aber worauf ich hinauswill ist, dass nach dem Grad der Steigerung der Dickichthaftigkeit der Situation, der ich ausgesetzt war, sich in mir auch ein Gefühl von Seinshaltigkeit ausdehnte, eine Mischung aus extrem geschärften Sinnen und einer wohltuenden Dumpfheit. Um mich herum hörte ich fast unaufhörlich die Trommelschläge und die Dudelsäcke unserer Musikanten, und zusammen mit den Kanonenschüssen und Gewehrsalven, dem Gebrüll der Soldaten und der eigensinnig monotonen und neutralen Berichterstatterstimme aus den Lautsprechern schäumte ein Klanggewebe von ungeheurer Intensität über mich hinweg. Dazu roch ich die Schwarzpulverschwaden und den Qualm der

Heuhaufen, die man in Brand gesteckt hatte. Als knapp vor mir ein Husar vorüberritt, hatte ich einen Atemzug lang den Schweiß- und Stallgeruch seines Pferdes in der Nase, dazu kam mein eigener Schweiß, der mir, ununterscheidbar vom Regen, über das Gesicht und den Körper lief, und einmal glaubte ich sogar kurz, den Duft der Grillbratwürste, die in einem der Bierzelte am Rand des Schlachtfelds verkauft wurden, gerochen zu haben. Dann geschah das, wovon ich, sollte ich je Enkel haben, ihnen dereinst erzählen werde. Als sich nämlich der Kanonennebel für einige Augenblicke verzog, wurde auf der anderen Seite des Feldes etwas hügelan Napoleon sichtbar, der umringt von seinen engsten Beratern auf seinem Pferd saß und angespannt und doch wie abwesend auf das Gemetzel zu seinen Füßen hinabschaute, und dann hob er plötzlich sein Haupt, und einen gemeinsamen Atemzug lang, so bin ich mir sicher, trafen sich unsere Blicke. Ich war wie vom Donner gerührt. Napoleons Erscheinung war gebieterisch und über alle Maßen eindrucksvoll. Noch wusste er nichts von seiner Niederlage in zehn Jahren, war ganz und gar das strahlende Denkmal seiner selbst, vor dem wir alle zitterten und dem wir Vernichtung geschworen hatten, obwohl wir ahnten, dass er es war, der das Recht und den Sieg auf seiner Seite hatte.
Es dauerte höchstens ein paar Sekunden, bis sich der Rauch der Geschütze wieder zwischen Napo-

leon und mich schob. Während wir weiter unsere Pflicht erfüllten und auf den Feind feuerten, sah ich aus den Augenwinkeln, dass sich unter der Zuschauerschaft am Schlachtfeldrand ein erster Überdruss am Geschehen bemerkbar machte. Der Kordon wurde lichter, und schon zogen einige der Schaulustigen langsam wieder in Richtung Dorf, wohl um dem voraussehbaren Massenansturm auf den Parkplatz zuvorzukommen oder um noch einen Sitzplatz in einem der Gasthäuser zu ergattern und etwas zu essen zu bestellen, bevor nach dem Ende der Schlacht dort hektischer Betrieb herrschen würde. Obwohl ich ja damit rechnen hätte müssen, versetzte es mir einen Stich im Herzen, denn ich realisierte dadurch, dass ich und meine Kombattanten, ich möchte fast sagen meine Mitbrüder, letztlich nichts anderes waren als Unterhaltungsobjekte mit Ablaufdatum, kostümierte Clowns, Knallchargen, von deren Anblick man nach gewisser Zeit schlichtweg genug hat.
Und immer mehr Zuschauer verließen ihren Platz und zogen dorfwärts, obwohl die Schlacht, dieses Großereignis, ja noch gar nicht zu Ende war. Wahrscheinlich spielte dabei auch der nun stärker werdende Regen eine Rolle. Nur die Männer und Frauen in den Camouflage-Trainingsanzügen mit den starren, geradezu fanatischen Mienen, machten auf mich den Eindruck, als würden sie mit uns bis zuletzt durchhalten, was ich schade fand, da gerade sie mir am wenigsten sympathisch waren.

Während ich nun ein letztes Mal, wie sich gleich darauf herausstellen sollte, mein Gewehr nachlud, geisterten eigenartige Gedanken durch meinen Kopf, solche Begriffe wie „ewige Wiederkehr" und „Ende der Geschichte", aber trotz aller Bemühungen gelang es mir nicht, sie festzuhalten und mich ausführlicher mit ihnen zu beschäftigen oder mich gar von ihnen zu anderen, neuartigen, noch unglaublicheren Gedankenkapriolen aufzuschwingen, denn als ich mein Gewehr geladen in der Hand hielt und abdrücken wollte, musste ich feststellen, dass es eine Ladehemmung hatte. Ich versuchte es ein zweites und ein drittes Mal, aber der Abzug klemmte fest, und in diesem Augenblick, als ich das Gewehr nun resignativ zu Boden senkte und meinen Kopf hob und den finalen Ansturm der napoleonischen Truppen auf den Rest unseres Regiments registrierte, da spürte ich, dass meine Zeit gekommen war, also drehte ich mich um und ließ das lehmige, durch hunderte Fußstapfen aufgewühlte, regennasse Schlachtfeld hinter mir und ging, geschützt durch die Anwesenheit der letzten Zuseher, weg vom Ort des Gemetzels und weiter und weiter, bis ich die Kälte und die Nässe und den Lärm der kämpfenden Heere und der Schlachtenbummler am Rand des Feldes nur noch als etwas empfand, das zwar der Welt um mich herum zu gelten hatte, mich aber, im Inneren meines Herzens, nicht mehr berührte.

Reif

Es ist einer dieser Spätherbsttage, an denen man auf der Straße geht und bemerkt, dass es jetzt langsam an der Zeit wäre, die Lederjacke gegen den Wintermantel zu tauschen, die gefütterten Schuhe aus dem Schrank zu holen und vor dem Spiegel nachzuprüfen, ob man mit einer Mütze auf dem Kopf immer noch so komisch aussieht. Es ist die Zeit, in der die Leute sich plötzlich daran erinnern, dass sie Winterreifen auf ihre Autos stecken lassen müssen. Es ist auch die Zeit, in der im Fernsehen die Werbungen für Erkältungsmedikamente und Papiertaschentücher häufiger zu sehen sind. Die Bäume in den Parkanlagen der Stadt tragen zwar noch Blattwerk, aber es wirkt, als würden sie nur höflichkeitshalber den Anstand wahren wollen, blickt man genauer hin, sieht man, wie vertrocknet und bräunlich die Blätter sind. Es ist die Zeit, da man sich wieder einmal ernsthaft fragen muss, wohin denn der Sommer so schnell verschwunden ist, und sich immer wieder, mehr oder minder vergeblich, ins Gedächtnis zu rufen versucht, was man denn eigentlich so getrieben hat, als die Tage noch warm und zuversichtlich waren.

Unterwegs zu dem Café, in dem Evelyn und ich uns verabredet haben, um die ganze Sache zu besprechen, denke ich genau über so etwas nach, und ich will auch gar nicht über etwas anderes nachdenken, denn bei meiner Stimmung ist mir jede Ablenkung recht. Ebenso widme ich den Fassaden der Häuser auf meinem Weg größere Aufmerksamkeit als sonst. Jede Karyatide, jedes Ornament, jedes Schnörksel wird von mir mit einem ausführlichen Blick bedacht, und wer mich sieht, muss glauben, dass ich nur ein Tourist sein kann.

Ich will nirgendwo verweilen, sondern nur langsam vor mich hinspazieren und die Gegend mit neuen Augen sehen, aber als ich am ehemaligen Gebäude des Österreichischen Gewerkschaftsbundes vorbeikomme oder besser gesagt an der Stelle, wo sich früher das Gebäude befunden hat, bleibe ich unwillkürlich auf dem Gehsteig davor stehen. Ich muss wohl länger hier nicht entlanggegangen sein oder zumindest nicht mit offenen Augen, denn zum ersten Mal fällt mir heute diese Baulücke auf, da an der Ecke zwischen Börse und Juridicum, und weil ich, in meiner ewigen Befürchtung, unpünktlich zu sein, ohnedies zu früh aufgebrochen bin und somit noch ausreichend Zeit habe, betrachte ich eine Weile, was vom diesem einstigen Beratungszentrum der Gewerkschaft übriggeblieben ist.

Am Rand des Grundstücks ragt eine neue Wand aus Fertigteilbetonplatten hoch, und man kann sich schon in etwa ausmalen, wie lieblos funktional und billig das neue Gebäude spätestens nach der Dachgleiche aussehen wird. Ein Bagger daneben hat seine Schaufel auf den regennassen und mit Schutt überstreuten Boden gelegt, so als würde er eine Wunde sanft bedecken. Dazwischen wächst Unkraut. Sie haben nicht einmal einen Lattenzaun rundherum errichtet, sondern nur mehrere Gitterwände, die mit Kabelresten zusammengebunden sind. Man möchte fast wegschauen, ähnlich wie man vielleicht aus Scham den Blick von einem Nackten abwenden will. Vor dem Nebengebäude sind dann allerdings doch als Blickschutz fünf Reklamewände angebracht. Auf einem Plakat sieht man eine Frau in einen roten Apfel beißen und daneben in Schönschrift den Spruch „Die Zeit ist reif" und noch ein paar andere Plakate, darunter eine Eigenwerbung der Baufirma mit dem Slogan „Wir geben Obdach", und irgendjemand hat mit einem schwarzen Marker „Ja, der OPEC!" daruntergekritzelt.

Baustellen üben auf die meisten Menschen eine Faszination aus, der auch ich mich nicht entziehen kann. Die kahlen Feuermauern der angrenzenden Bauten, an denen man manchmal noch die Umrisse der einstigen Zimmer oder Treppenhäuser erkennen kann. Der fast obszöne Einblick in die aufgegrabenen Fundamente, das Werken der Abrissmaschinen, das dröhnende Mahlen der Betonmischer, die Staubwolken, im Gesamten ein Ambiente, das einen stets aufs Neue in seinen Bann zieht.

Ich weiß nicht, ob es nur die Erinnerung an Filmbilder von kriegszerbombten Städten ist oder ob

Abrissobjekte nicht auch einen Nerv treffen, dem ein tieferliegendes Gefühl innewohnt, nämlich jenes der menschlichen Urangst, dass das, was uns umgibt, die von uns konstruierte Schutzhülle, uns so plötzlich wieder entzogen werden kann und damit gewissermaßen auch das Leben, das man so selbstverständlich in eigenem Besitz wähnt.

Während ich darüber nachdenke, lässt es sich nicht verhindern, dass just all das, woran ich mich in den letzten Stunden partout nicht erinnern wollte, abermals über mich hereinbricht. Durch den Anblick dieses bis auf das Kellergeschoß abgetragenen Hauses rutsche ich unwillkürlich in das Gedankenexperiment, wie es denn wohl wäre, wenn Evelyn und ich uns entscheiden würden, das Kind auf die Welt zu bringen und in eine gemeinsame Wohnung zu ziehen, praktisch also eine Familie zu gründen. Und ebenso unvermeidlich rückt die Frage auf, wie lange das gutgehen könnte, bis wir in den Ruinen unserer Beziehung hausen würden.

Ich stehe nach wie vor da und starre auf die Baulücke. Eine Frau schiebt einen Kinderwagen an mir vorbei. Seit ich heute unterwegs bin, sind mir besonders viele Kinderwägen und Geschäfte mit Babyzubehör aufgefallen. An einem Reklameplakat vorbeikommend, auf dem ein quietschvergnügter Säugling abgelichtet war, empfand ich schon bei kurzem Hinblicken in meinem Innern ein Konglomerat aus Übelkeit, Wut und Lähmung. Es ist so verlogen und falsch und doch so einfach und wahr, so wie der simpelste Schlagertext, dachte ich. Es gibt kein Entkommen, die Natur arbeitet diesbezüglich unfassbar perfid, aber man kann sie dafür nicht belangen, weil man ja selber in der Sache mit drinhängt. Derartiges denke ich, als meine Aufmerksamkeit von zwei Arbeitern im blauen Zwilch in Anspruch genommen wird, die aus dem Container in der Mitte der Baustelle treten und sich ihre Handschuhe anziehen, während sie, miteinander ein paar Worte wechselnd, am Gerüst bei der Fertigteilbetonwand hochklettern. Ihre Gesichter spiegeln genau wieder, was mir bei ihrem Anblick durch den Kopf geht: Was für eine Scheißarbeit, bei dieser Kälte und dem Regen da auf so einem Gerüst herumzuklettern, und ich schaue ihnen eine Zeitlang zu, wie aus Solidarität, aber wahrscheinlich fragen sie sich nur, was für ein Spinner da im Regen steht und sie beobachtet.

Wie soll das überhaupt funktionieren mit einem Zusammenleben als Familie? Es wie die meisten machen und nach außen verkünden, wie toll es doch sei, Nachwuchs zu bekommen, das Kind aber dann sobald wie möglich in eine Krippe geben, ein Au-pair-Mädchen engagieren, auf die Entlastung durch Tageskindergärten hoffen? Oder länger in Karenz gehen, das Kind größtenteils zu Hause aufziehen, nie mehr allein sein, nie mehr in Ruhe ein Buch lesen können? Evelyn und ich, wir würden uns bald in die Haare kriegen, denke ich, und dann merke ich auf einmal, wie sich meine Hände in der

Jackentasche zu Fäusten geballt haben wie als Vorgeschmack auf die künftigen Aggressionen, die sich in mir aufstauen würden, wenn ich gezwungen wäre, den Großteil meines Lebens daheim, mit Frau und Kind, zu verbringen.
Mich macht das alles verdrießlich. Am liebsten würde ich mit Evelyn einen Ausflug unternehmen, dem trüben Regentag Paroli bieten und mit dem Auto in die Provinz fahren, ohne Plan und Ziel. Dagegen habe ich keinesfalls Lust auf unser Gespräch. Es ist sogar so, dass ich bereits jetzt, noch bevor wir uns getroffen haben, merke, wie mir die Überlegungen und die vorformulierten Sätze abhanden kommen. Ich ahne, dass ich Evelyn gegenübersitzen werde und rein gar nichts von dem, was ich mir heute in der Früh im Geist zurechtgelegt habe, aus meinem Mund kommen wird. Es ist, als wäre ich prinzipiell für ernste Unterhaltungen nicht geschaffen.
Und Evelyn? Wie muss sie sich fühlen? Als sie mich gestern anrief und mir das mit dem Schwangerschaftstest mitteilte, klang ihre Stimme, als wäre sie soeben mit der Diagnose einer tödlichen Krankheit konfrontiert worden. In ihr rumort es doch sicherlich ähnlich wie in mir, denke ich. Ich kenne sie gut genug, um zu ahnen, dass ihr die Vorstellung, rund um die Uhr für ein Kind verantwortlich zu sein, ebenfalls als etwas Bedrohliches erscheinen muss. Aber ich mutmaße auch, dass ein Teil von ihr sich vielleicht danach sehnt und sanft darauf

drängt, mit dem unbestimmten Gefühl im Bauch, dass es im Grunde an der Zeit wäre, solch eine Verantwortung zu übernehmen.
Und die Paare mit Kindern in meinem Bekannten- und Freundeskreis? Sind sie in Wahrheit nicht alle ziemlich überfordert? Wirkt es nicht in den meisten Fällen, als hätten sie die Fortpflanzung nur entweder aus einem Missgeschick oder um der Konvention willen vollzogen? Aus Angst vor Einsamkeit im Alter oder durch den gesellschaftlichen Zwang, nicht wenige auch, um eine zerbröckelnde Beziehung vermeintlich zu retten?
Ich fürchte mich plötzlich davor, dass Evelyn mir den Plan offenbaren könnte, das Baby zu behalten, denn ich weiß, dass ich nicht in der Lage wäre, etwas dagegen einzuwenden. Mit welchem Recht könnte ich von ihr verlangen abzutreiben?
Während ich immer noch vor der Baulücke stehe, wo sich vor wenigen Wochen das Gebäude des Österreichischen Gewerkschaftsbundes befunden hat, und mir allmählich kalt wird, muss ich mir eingestehen, dass ich ein Feigling bin, weil es mir lieber wäre, wenn mir Evelyn gleich zu Beginn ihre definitive Entscheidung mitteilen würde und falls möglich diejenige, die mir in den Kram passt, und ich müsste ihr dann nur noch gegenübersitzen und mit ernster Miene dazu nicken und im Geist schon nach der nächsten Bankfiliale suchen, um das Geld für die Abtreibung abzuheben und es ihr zu überreichen wie einen Sofortgewinn.

Ich hole mein Handy aus der Hosentasche, um zu prüfen, wie spät es ist, und ich sehe, dass es zehn vor eins ist, und ich setze mich wieder in Bewegung. Was für Sorgen müssen wohl die anderen Menschen haben, denke ich mir bei allen Passanten, die meinen Weg kreuzen. Heuchler! antwortet mir automatisch meine innere Zweitstimme, darauf kommst du immer nur, wenn du selber Sorgen hast! Ich muss meiner Zweitstimme Recht geben, die seit jeher die Funktion besitzt, mich davor zu bewahren, auf mich selbst reinzufallen, auf mich, der sich im Sich-selbst-etwas-Vormachen ständig neue Schleichwege und Finten einfallen lässt.

Als ich am Ende des nächsten Häuserblocks das Café erkenne, wo wir uns verabredet haben, verlangsame ich meine Schrittgeschwindigkeit, wie um noch Zeit zu schinden, Zeit zum Nachdenken, obwohl mir zwar alles Mögliche jetzt in den Sinn kommt, nur nichts, was mir akut und in den kommenden Momenten weiterhelfen könnte. Es ist wie damals im Schulunterricht bei mündlichen Prüfungen. Wenn mir da vom Lehrer die alles entscheidende Frage gestellt und mir die übliche Spanne von ein paar Sekunden, in denen man als Prüfling seine Antwort abwägen und vorbereiten kann, zugestanden wurde, meldete sich in mir ein seltsames Gefühl zu Wort, das nur darauf aus war, mich von meiner Konzentration abzubringen. Es war wie ein Zwang. So als ob ein kleiner Kobold aus seinem Geheimversteck gesprungen wäre und mit ganzer Kraft versuchte, mich an alles andere denken zu lassen, nur nicht an die nötige, fachspezifisch richtige Antwort, von der mein Bestehen vor der Institution abhing. Und dann verliefen sie eben, diese Sekunden, in denen alle anderen im Klassenzimmer wohl überzeugt waren, dass sich mein Gehirn mit der Beantwortung der an mich gerichteten Frage beschäftigte, ich aber in Wirklichkeit an das Meer in den Sommerferien dachte, an die grünen Felder in Frühling, an deren Rand man steht und die Wärme der Sonne auf dem Gesicht spürt, oder an einen herbstlichen Wald, durch den der Wind weht und die Bäume aneinander reibt und zum Knarren bringt.

Und genauso wird es auch jetzt sein, denke ich. Ich werde in das Café treten, ich werde irgendwo Platz nehmen, wenig später wird Evelyn kommen, und wir werden unser Gespräch beginnen, in dem es um Leben und Tod geht, und ich weiß plötzlich, ich werde um nichts in der Welt einen Gedanken in meinem Kopf zusammenbringen, mit dem uns beiden im Entferntesten geholfen sein wird. Und das Allerseltsamste ist, dass ich mich irgendwie darauf freue.

Liebe

Solange ich auf Dich wartete, hatte ich nichts Besseres zu tun, als mir die Menschen anzusehen, die draußen, vor der Terrasse des Lokals, in dem ich saß, vorübergingen, an diesem ersten sonnigen Tag des Jahres, und in ihren Gesichtern, fiel mir auf, wurde etwas Sanftmütiges, Versöhnliches mitgetragen, was in mir die alte, zugegeben etwas materialistisch grundierte Frage wachrief, ob psychische Verfassungen und Stimmungen nicht größtenteils durch geographische, klimatologische und meteorologische Bedingungen bestimmt werden, und wie so oft überlegte ich, ob ich ein besserer oder zufriedenerer Mensch wäre, wenn ich näher am Äquator leben würde, aber das kam mir dann – wen wundert's? – auch zu simpel vor, und ich wechselte schnell von meinen Gedanken zurück in die Aufmerksamkeit meiner Umgebung gegenüber, und als Besiegelung meines An-Ort-und-Stelle-Seins trank ich einen Schluck Kaffee und schmeckte die milde Bitterkeit auf meiner Zunge wie ein allgemeines Lebenszeichen, und während ich weiter meinen Blick von Fußgänger zu Fußgänger springen ließ, fiel mir auf einmal das Spiel ein, das ich früher manchmal mit Freunden gespielt hatte und bei dem es darum geht, möglichst schnell dahinterzukommen, welchem Tier dieser und jener Mensch ähnlich sieht, und ich probierte gleich aus, ob es mir noch so gut gelänge wie damals, und schon zogen an mir ein Mann, der mich an einen Pelikan, eine Frau, die mich an einen Maulwurf, und eine, die mich an einen Löwen erinnerte, vorbei, und erst beim nächsten Passanten musste ich länger nachdenken, welchem Nagetier er ähnelte, bis ich mich für ein Wombat entschied, ohne mit Sicherheit zu wissen, ob Wombats überhaupt Nagetiere sind, und auf diesen Wombatmann folgten eine Storchenfrau, ein Walrossmann, ein Robbenmädchen, ein Lemurenkind und ein Eulenalter, und gerne hätte ich in Erfahrung bringen mögen, welche Berufe die jeweiligen Personen ausübten, vielleicht war ja das Mädchen mit dem Robbengesicht eine Sportschwimmerin, die Frau mit dem Maulwurfskonterfei eine Höhlenforscherin und der Herr mit den Eulenaugen ein Philosophieprofessor, und ich brauche Dir nicht zu sagen, dass diese Vorstellung einigermaßen reizvoll war, auch wenn ich nicht so recht daran glauben konnte, und ich hob meinen Blick zur öffentlichen Uhr auf der anderen Straßenseite und stellte mir vor, wie Du in eben diesem Augenblick Deine Wohnungstür zusperrst und wie das Klirren Deines Schlüsselbunds durch das Treppenhaus hallt, dann nahm ich noch einen Schluck Kaffee und wandte mich wieder den Leuten auf dem Trottoir zu, und es kam mir eine andere Variante dieses Zuordnungsspiels in den Sinn, die darauf beruht, in der Physiognomie eines Menschen Ähnlichkeiten zu berühmten Persönlichkeiten auszumachen, was etwas schwieriger ist, aber schon beim ersten Passanten, den ich mir verknöpfte, gelang es ganz gut, denn der circa fünfzigjährige Mann sah aus wie eine Mischung aus Marlon Brando und Benito Mussolini, und von der anderen Seite näherte sich ein jüngerer, der eine Spur von Bruce Chatwin in seinen Zügen trug, und das Mädchen danach hatte Augen wie Madonna, und das nächste erinnerte mich an Reese Witherspoon und an einen zweiten Star, dessen Name mir allerdings nicht einfallen wollte, und dann kam eine schwarze Frau mit ihrem Baby an meinem Tisch vorbei, und das Kind schaute wie ein kleiner sympathischer Schimpanse aus, ich musste grinsen und schimpfte mich in Gedanken einen Rassisten, und ihnen nachblickend, dachte ich darüber nach, warum ich glaube, dass Schwarze bessere Menschen als Weiße sind, aber ich fand keine andere Erklärung, als dass es wahrscheinlich meine eigenartige Solidarität mit allem Fremden ist, die wohl daher rührt, dass auch ich mich seit jeher in der Gesellschaft, in der ich großgezogen worden bin, als einer gefühlt habe, der wie aus einem Kuckucksei geschlüpft ist, und sekundenlang empfand ich ein Bedauern darüber, nie einem Menschenschlag zugehörig gewesen zu sein, weder innerhalb der Kultur, in der ich aufgewachsen bin, mich aber nie ganz zu Hause gefühlt habe, noch in einer anderen, der vielleicht meine Sympathie gehört, in der ich jedoch selbst als ein Fremder begriffen und behandelt werden würde, und ich spürte, wie Ärger in mir hochstieg, und es war ein sonderbar gemischter Ärger, zum einen über meinen Anflug von Selbstmitleid, zum anderen darüber, dass vielleicht das Leben auf der Welt einer Zentrifuge ähnelt, die alles Unangepasste aussondert, aber nicht ganz genau diesem Umstand hing mein Ärger nach, sondern dem Anschein, dass immer mehr Unangepasste und sogenannte Minderheiten ihre besondere Stellung zugunsten eines allgemeinen faulen Kompromisses aufgeben wollen, und gleich im nächsten Gedankenzug überlegte ich, ob nicht alle diese meine Reflexionen schlichtweg Ausflüchte waren und in Wirklichkeit verklausulierte Appelle an mich selber, unablässig daran zu arbeiten, mich von meinen Mitmenschen zu unterscheiden, was auch meine Angewohnheit erklären würde, mich gerne prinzipiell in Opposition zu setzen, und wieder schaute ich zur öffentlichen Uhr, und es war schon zehn nach zwei, doch mit diesem unerklärlichen Empfindungsvermögen, das mir eigen ist, fühlte ich, dass Du Dich noch eine kleine Weile verspäten würdest, weswegen ich aufstehen und die Toilette aufsuchen konnte, ohne die Befürchtung haben zu müssen, Du könntest in der Zwischenzeit auftauchen, mich nicht entdecken und wieder verschwinden, und noch auf dem Klo dachte ich darüber nach, woher es rühren mag, dass sich in den zwei Jahren unserer Beziehung eine derartige Übereinstimmung entwickeln hat können, die es mir ermöglicht zu spüren, ob Du Dich in meiner Nähe befindest oder nicht, und wie als Schlussstrich unter meine Gedanken knöpfte ich mir die Hose zu und stellte mich zum Waschbecken, und beim Händewaschen fiel schließlich mein Blick in den Spiegel, und in eben diesem Moment erinnerte mich mein Gesicht an das Deine, und verzeihe mir bitte, aber plötzlich freute ich mich nicht mehr darauf, Dir in ein paar Minuten gegenüberzusitzen, und als ich wieder an meinem Tisch war und den Kellner sah, hob ich rasch und wie automatisch die Hand, zahlte und machte mich davon.

Die Abschiedsworte
des Bauchredners

Wie lange es her ist! Jetzt bin ich alt und müde und möchte nicht mehr kämpfen. Um richtig zu kämpfen, muss man lieben oder hassen können, und beides gelingt mir jetzt, im Alter, noch weniger als früher.
Und doch erinnere ich mich gut: Als man uns damals für den Übergang freischaltete und wir ein letztes Mal vom Schleusenwärter den emotionslos heruntergeratterten Standardsatz zu hören bekamen, dass ab dem Durchschreiten dieser Grenzstation eine Rückkehr in die Alte Welt nicht mehr möglich sei und wir bis zum Eintreffen auf der anderen Seite für uns selbst verantwortlich seien, verspürten wir zunächst eine immense Erleichterung, und als wir zum grauen Himmel aufsahen, wurden wir mit dem Anblick einer Schwalbe belohnt, eines Vogels, den wir längst für ausgestorben gehalten hatten, und so frei, dachten wir zumindest damals, würden wir bald auch sein und wenn nicht wir selber, dann doch unsere Kinder oder Kindeskinder, und was wir da, in diesem Moment, füreinander empfanden, das war wohl Liebe.
In uns lebten ja auch die Bilder, die von der anderen Seite, der Neuen Welt, auf den öffentlichen und privaten Monitoren unserer devastierten Städte

gezeigt wurden. Bilder, die nicht diejenige Zukunft versprachen, die wir tagtäglich vor Augen hatten, sondern eine Zukunft, die einen mit etwas beschenkte, das wir nur noch vom Hörensagen zu kennen glaubten: mit Hoffnung. Selbst die ansonsten ohnedies immer lachenden Gesichter unserer Politmaster schienen von einem noch zauberhaften Lächeln umspielt zu sein, wenn sie von der anderen Seite, der Neuen Welt, sprachen. Und letztlich, und das sollte nicht vergessen werden, war es im Grunde auch eine Frage von Leben und Tod, und wir wählten damals das, von dem wir dachten, es sei das Leben.
Damals ahnten wir nicht, was wir heute zu wissen glauben. Damals fühlten wir uns wie Pioniere, heute sind wir mehr oder minder Gefangene im Brückenland zwischen Alter und Neuer Welt, im großen Wartesaal zwischen den zwei Schleusen.
Der Aufenthalt auf dem Brückenplaneten, hieß es damals, würde eine Woche in Anspruch nehmen. Jetzt leben wir schon vierzig Jahre hier. Dass sich gerade in der Zeit, als wir von der einen zur anderen Grenzstation unterwegs waren, die geflüsterten Berichte vom wahren Gesicht der Neuen Welt zu häufen begannen, war unser Glück. Oder unser Pech. Wer weiß denn schon mit Sicherheit, was wirklich hinter der zweiten Schleuse vonstatten geht?
Wir haben damals das Beste aus unserer Lage gemacht, indem wir uns niedergelassen und diesen

Zirkus gegründet haben. Ich erinnere mich, trotz aller widrigen Umstände, gern und mit heiterem Herzen an die ersten Jahre, als die Verwaltungsmaschinerie noch einige Lücken aufwies und wir vergleichsweise mühelos von Ort zu Ort tingelten, mal zu Gast in den neu errichteten Wolkenkratzerstädten, mal in den Wellblechsiedlungen entlang den Rändern des Brückenlandes. Und all die anderen, die Hunderttausenden, die Millionen von Menschen, sie hatten bei Gott etwas Unterhaltung nötig.
Und anfangs lief der Zirkus ja noch wie geschmiert. Wir ernährten uns vom Applaus und den uns zugeworfenen Leichenteilen, ein Tribut unseres Publikums an uns, wovon so manche, auch ohne Traumkoordinationsmaschine, nur träumen konnten. Wenn wir im Tau des Morgens an einem neuen Ort – meist waren es die Parkplätze für die Abfallsammler bei den Müllkippen – unser Zelt aufrichteten, wurde mit jedem Schlag, mit dem wir einen weiteren Hering in den Untergrund trieben, eine Art Zeichen gesetzt für unseren Überlebenswillen, weithin hörbar als Signal für die ringsum Angesiedelten, dass noch jemand existierte, der dem Tod die Stirne bot, dass es noch Widerstand gab gegen die Gleichgültigkeit.
Es dauerte nicht lange, dann wurde alles viel schwieriger für uns. Der tägliche Kampf war von Enttäuschungen geprägt. Zu groß war die Konkurrenz der Entertainment-Center und der Teleprä-

senzräume, in denen jeder Besucher gegen eine geringfügige Abgabe von Energie mit Wohlbefinden ausgestattet wurde. Da konnte ein Zirkus wie der unsere nichts Spektakuläreres bieten, und so waren es meist auch einzig Selbstversorger und Straßenkinder, die zu unseren Vorstellungen fanden, nebeneinander in den Reihen um die Arena sitzend, je nach den Temperaturzuteilungen des meteorologischen Wetterministeriums schwitzend oder frierend, durchnässt oder dürstend, und manchmal blieben selbst diese Besucher aus, und wir konnten entscheiden, die Vorstellung gleich abzublasen oder nur für uns selber aufzutreten.
Dazu kamen die Schikanen der privaten Sicherheitsdienste, die in uns, je nach Befinden, eine Gefahr für die Öffentlichkeit oder bloß ein persönliches Ärgernis sahen, und so geschah es nicht selten, dass wir ein soeben aufgestelltes Zelt wieder abbauen und unverrichteter Dinge weiterziehen mussten, wenn wir es nicht darauf ankommen lassen wollten, unter Umständen in eines der Energieerzeugungskraftwerke gesteckt oder auf einen Exilplaneten abgeschoben zu werden. Dass man uns jedes Mal auch darauf aufmerksam machte, dass wir nach wie vor das Recht hätten, durch die zweite Schleuse in die Neue Welt hinüberzuwechseln, machte uns umso mehr stutzig, was die andere Seite anbelangte, über die man offiziell nur von den Monitoren und nie von einem, der schon einmal drüben gewesen war, etwas zu Ohren bekam.

Eine öffentliche Berichterstattung über unsere Aktivitäten gab es bereits seit etlichen Jahren nicht mehr. Die Infotainment-Zentrale hatte sowieso schon vor geraumer Zeit erkannt, dass Ignoranz das beste Mittel war, Unliebsames zum Verschwinden zu bringen, und seitdem selbst das letzte virtuelle Netzwerk unter weltpolizeilicher Kontrolle stand und das Sich-Einloggen in Piratennetzwerke mit sehr hohen Strafen belegt wurde, blieb uns auch diese Art der Ankündigung verwehrt, sodass es vor allem der Mundpropaganda zu verdanken war, wenn wir ab und zu ein volles Haus hatten.
Und selbst wenn wir immer wieder zu hören bekamen, dass es doch bloß die Zurschaustellung von Monstrositäten sei, die Leute in unser Zelt locken würde, und somit die Besucherzahlen der Sensationsgeilheit und Schlechtigkeit der Menschen zu verdanken seien, wurden wir nie müde, in unseren Vorstellungen Zeugnis davon abzulegen, dass wir überzeugt waren, dass viel Gutes in jedem Menschen stecke, und hielten – trotz der allgemein konstatierten Sucht nach Katastrophenberichten und Schreckensmeldungen – an unserer Überzeugung fest, die besagt, dass unaufhörlich über Unrecht zu reden, dem Unrecht selbst gleichen würde.
Nicht selten passierte es jedoch, dass man unsere Truppe für ein Wahlkampfteam des Positive-Thinking-Movements hielt, und obwohl wir mit Schildern, die von unserer Zehenmalerin herge-

stellt wurden, ausdrücklich darauf hinwiesen, dass dem nicht so sei, gab es Auseinandersetzungen mit Rechtsvertretern dieser Massenbewegung, die nur zu oft kurz vor Vorstellungsbeginn die Tageseinnahmen für sich beanspruchten und mit einer sofortigen behördlich veranlassten Schließung des Zirkus drohten. In manchen Fällen blieb uns nichts anderes übrig, als klein beizugeben.
Vom für das Brückenland übernommenen Weltrecht her war ja nach wie vor beinahe alles erlaubt, selbst politische Agitation, aber in der Realität sah die Sache anders aus. Erst als wir darauf verzichteten, in unseren Aufführungen dezidiert gesellschaftliche Missstände anzuprangern, hörten auch die Brandanschläge, die ominösen Krankheitsfälle unter unseren Artisten, die nächtlichen Überfälle und die Sabotageakte an unserem Instrumentarium auf.
Doch gerade in letzter Zeit hat sich die Lage extrem zugespitzt. Wie aus der jährlichen Baldwin-Erhebung hervorgeht, ist die öffentliche Ablehnung von Künstlern wieder stark gewachsen. Gaben in den ersten Jahren nach der Einführung des Baldwin-Systems noch neunzig Prozent der Befragten an, Künstler nicht nur wertzuschätzen, sondern auch selber Künstler zu sein – in die Geschichte der Statistik übrigens eingegangen als sowohl das Jahrhundert der Infantilität als auch das Jahrhundert, in dem jeder Künstler war –, so hatte sich relativ bald darauf dieser Trend als überraschend schnell rückläufig herausgestellt, sodass

es heutzutage der Volksgesundheit als abträglich gilt, sich künstlerisch zu betätigen. Viele ehemalige Künstler hatten zwar damals in der Grauzone der medialen Unterhaltung Zuflucht gefunden, doch der Druck dort war enorm, da sie gezwungen waren, ein Tagespensum von bis zu hundert Witzen oder lustigen Situationen abzuliefern. Auch hier war die Vorherrschaft des Positive-Thinking-Movements deutlich sichtbar.

Aber was hilft das Jammern? Ab einem gewissen Zeitpunkt nichts mehr. Jetzt, am Ende, da ich mich entschlossen habe, ungeachtet aller Vermutungen die zweite Schleuse zu durchschreiten, um diesen Brückenplaneten zu verlassen und in die Neue Welt hinüberzuwechseln, will ich noch etwas feststellen: Ich bin niemandem gram und bitte darum, auch mir nicht gram zu sein. Dass der Mensch um jeden Preis überleben will, dafür kann er nichts. Wer würde ihm daraus einen Strick drehen wollen? Ich werde mich aus dem Spiel ausklinken, diesem Spiel, das wir immer nur verlieren können, weil wir stets die sein werden, die zu wenige sind, und doch: Ich wünsche, dass unser Kampf nie aufgegeben wird. Meinen Weg durch die zweite Schleuse gehe ich allein, und mir bleibt nur noch, ein wenig von der Wärme zurückzulassen, die ich von euch die Jahrzehnte hindurch, da wir, Zirkusleute auf dem Brückenplaneten, uns gemeinsam gegen das schwarze Nichts stemmten, empfangen habe.

Und so grüße ich euch also ein letztes Mal, meine Freunde: Den zwangsillustrierten Mann, die Frau ohne Unterleib, den Schwert- und Feuerlilienschlucker, den Zwerg mit den drei Augen, den Hungerkünstler, den Flohdompteur, den blinden Messerwerfer, den traurigen Zwillingsclown, die bärtige Riesin, den Reptilmenschen, das Luftschlangenmädchen, den großen Werwolf und den Rest der Truppe. Ihr wart es, die mir das Dasein zwischen den Vorstellungen erträglich gemacht habt, eure Zauberkunststücke im Alltag waren meine Druckkammer, euer Alltagsorchester voller Taktgefühl ist es gewesen, das mich gehalten und nicht wie einen pilotenlosen Zeppelin ins Dunkel über diesem Lichtjahrmarkt aufsteigen und verschwinden lassen hat, verschwinden in die totale Finsternis eines alles verschlingenden Universums.

Tote Saison

Das erste, was uns ins Auge sprang, nachdem wir unser Gepäck, Jana ihre Ledertasche, ich meinen Aluminiumkoffer, im Vorzimmerflur des Hauses unserer Vermieterin abgestellt hatten, war das ausgestopfte Bärenjunge, das auf der Kommode vis-à-vis der Garderobe stand und auf seinem Schädel ein Partyhütchen trug. Das Tier selbst war vom Präparator derart gestaltet worden, dass es aussah wie ein erwachsener Bär, der sich, auf seinen Hintertatzen stehend, im Kampf mit einem unsichtbaren Gegner befindet, zähnefletschend und seine scharfkralligen Pranken emporreckend. Angesichts der Tatsache, dass es sich um einen sehr jungen Bären handelte, war der Anblick doppelt absurd. Das zweite, was uns auffiel, war der penetrante Geruch nach Patchouli-Räucherstäbchen, doch ehe wir uns noch flüsternd oder auch nur mit einem angedeuteten Naserümpfen darüber mokieren konnten, drehte sich unsere Vermieterin, deren teigiges und annähernd violettes Gesicht auf Alkoholismus schließen ließ, zu uns um und lud uns ein abzulegen und ihr ins Wohnzimmer zu folgen. Ihre Tochter, erklärte sie, sei gerade dabei, noch schnell die Betten in dem für uns vorgesehenen Raum im Dachgeschoß frisch zu überziehen und im Badezimmer aufzuwischen, das würde eine Viertelstunde dauern

und in der Zwischenzeit könnten wir doch eine Tasse Kaffee zusammen trinken, ein Angebot, das wir, höflich dankend, annehmen mussten.
Sobald wir das Wohnzimmer betreten hatten, setzte ein Gekläffe ein, und augenblicklich wuselten zwei Hunde um unsere Beine, zu denen wir uns hinunterbeugten, um sie durch Tätscheln und beruhigendes Zureden für uns einzunehmen. Auf die Frage, wie die Hunde denn hießen, antwortete unsere Vermieterin, die mittlerweile in der in den Raum integrierten Kochnische mit der Zubereitung des Kaffees beschäftigt war, dass der kleine schwarze Hund, der übrigens eine Hündin war, den Namen „Klischee" trage und dass der andere, gefleckte Hund, ein Rüde, erst wenige Monate alt, noch gar keinen Namen habe. Daraufhin bat sie uns, ungezwungen Platz zu nehmen und uns wie zu Hause zu fühlen. Kaum dass wir saßen, hüpften uns die Hunde auf den Schoß, der namenlose Rüde lag auf Janas, die ältere Hündin auf meinen Schenkeln. Obwohl wir durchwegs als tierlieb zu bezeichnen sind, waren uns die Tiere etwas lästig, zumal von beiden ein leicht beißender Gestank der Verwahrlosung ausging, aber wir wollten nicht taktlos erscheinen, also ließen wir den Hunden ihren Willen. Während die Vermieterin sich nach dem Verlauf unserer Anreise erkundigte und Jana den Part der Antwortenden spielte, rauchte ich eine Zigarette und sah mich im Zimmer um. Zuerst schien mir der Raum bloß voll mit ausgestopften

und präparierten Tieren zu sein, da ein Marder und ein Auerhahn, hier eine Schlangenhaut und ein in Plastik gegossener Piranha, und desgleichen war die Wand, in deren Mitte in einem Kamin Holzscheite brannten, dicht mit Geweihen der unterschiedlichsten Paarhufer behängt, nicht nur von Tieren aus der Gegend, sondern auch von Antilopen, Rentieren und Büffeln, so als wäre der letzte Hausherr ein Safarijäger gewesen. Wenn man aber aufmerksamer schaute, konnte man entdecken, dass das Zimmer auch voll mit lebenden Tieren war. Da gab es zum einen ein winziges Aquarium, vielleicht dreißig mal dreißig Zentimeter, in dem sich außer Wasser und drei Goldfischen nichts befand. Etwas entfernt davon stand eine kleine Volière, in der auf einer Stange ein Amazonenpapagei mit kahlgerupfter Brust saß, so starr, dass ich im ersten Moment glaubte, es auch in diesem Fall mit einem ausgestopften Tier zu tun zu haben, aber dann, als der junge Hund plötzlich von Janas Schoß auf den Tisch kletterte und sich daran machte, aus einem kleinen Korb Erdnüsse zu fressen, zuckte der Vogel zusammen und offenbarte sich mir dadurch als aus Fleisch und Blut. Jana fragte, ob der Hund ohne Namen denn die Erdnüsse essen dürfe, da sie noch in der Schale seien, doch unsere Vermieterin versicherte, dass er das öfter tue und dass es ihm noch nie geschadet habe. Ich blickte weiter im Zimmer umher und bemerkte nach einer Weile auf einer Art Schlachtstock, auf dem sich im übrigen auch das Gestell mit den übel parfümierten Räucherstäbchen befand, einen weißen Plastiksack, der sich von selbst zu bewegen schien. Mit etwas ironischem Einschlag in meiner Stimme wies ich unsere Vermieterin darauf hin, als sie zwei Tassen Kaffee vor uns auf den Tisch stellte. Sie drehte den Kopf zum Plastiksack, lachte kurz und erklärte uns dann, dass darin zwei Seezungen seien, die sie am Morgen für sich und ihre Tochter auf dem Fischmarkt gekauft habe, und dass sie so frisch seien, dass sie noch lebten und dadurch eben manchmal zappelten. Ich traute mich nicht zu fragen, warum sie die Fische denn nicht tötete, und an Janas Gesichtsausdruck sah ich, dass sie dasselbe dachte, aber auch sie schwieg.

An das Wohnzimmer schloss eine Loggia an, mit großen Panoramafenstern und einer Glastür, die auf eine Terrasse führte. Draußen leckte eine magere Katze an einigen leeren Muschelschalen, wahrscheinlich die Überreste der letzten Mahlzeit unserer Vermieterin und ihrer Tochter. An den Fensterscheiben krabbelte eine Unmenge an Fliegen und Wespen und Schnaken, die sich vergeblich anstrengten, ins Freie zu gelangen. Eine grüne Blattwanze flog immer wieder, unbelehrbar, gegen das Glas, und jedes Mal, wenn sie das tat, erzeugte ihr Aufprall ein klackendes Geräusch, das mich etwas nervös zu machen begann.

Jana war eben mittendrin, unserer Vermieterin zu erzählen, wie sie als Kind einmal mit ihren Eltern

ganz in der Nähe geurlaubt habe, als das Knarren der Holztreppen uns verriet, dass die Tochter nun wohl mit ihrer Aufgabe fertig sei und herunterkomme, um uns zu begrüßen. Vielleicht zwölf Jahre alt, etwas pummelig und mit einem Schmollmund, dessen Wirkung sie meiner Ansicht nach schon ganz gut einzuschätzen wusste. Nachdem sie uns ein interesseloses „Hallo" zugemurmelt hatte, hob sie den jungen, namenlosen Rüden vom Tisch, setzte sich in einen Lehnstuhl, schaltete den Fernseher ein und vertiefte sich, mit einer Hand den Hund streichelnd, in eine Nachmittagstalkshow eines deutschen Privatsenders. Nach knapp einer Minute stand sie jedoch wieder auf, ging zum Aquarium, tauchte einen Finger in einen Beutel mit Fischfutter und ließ sich von den drei Fischen der Reihe nach das Futter von ihrem Finger fressen. Es sah ein wenig so aus, als würden die Fische zärtlich und demütig die Fingerspitzen des Mädchens küssen. Dann wischte sie ihre Hand an der Hose ab, ließ sich zurück in den Fernsehsessel fallen, steckte sich, ohne dabei die Augen vom Bildschirm abzuwenden, einen Kopfhörerstöpsel ihres i-Pods ins rechte Ohr und fuhr fort, den Hund zu kraulen. Hin und wieder nahm sie ihr Handy zur Hand, drückte an irgendwelchen Tasten herum, um sich dann erneut dem Geschehen im Fernsehen zu widmen.
Unsere Vermieterin instruierte Jana gerade, worauf wir bei unserem Aufenthalt im Haus zu achten hat-

ten, erklärte ihr, wie die Heizung und der Warmwasserboiler funktionierten, ich aber hörte nur mit einem Ohr zu, weil mich erstens die Talkshow im Fernseher ablenkte und meine Aufmerksamkeit zweitens plötzlich von der Uhr gefesselt wurde, die neben dem Vogelkäfig an der Wand hing und über die ich zufällig mit meinem Blick gewischt war. Der Durchmesser ihres auffallend bauchigen Gehäuses war circa so groß wie der eines Fußballs, und in ihrem Inneren schwamm, wie ich erstaunt feststellte, ein einzelnes blaues Fischlein von einer zu anderen Seite. So etwas hatte ich noch nie gesehen, und länger musste ich dorthin starren, um mich zu vergewissern, dass es tatsächlich ein echter Fisch war und keine Computersimulation. In dem Moment, in dem unsere Vermieterin Jana den Weg zum einzigen Supermarkt beschrieb, der zu dieser Jahreszeit geöffnet hatte, schreckten wir zusammen, denn plötzlich stieß die Tochter in ihrem Lehnstuhl einen spitzen Schrei aus. Als ihre Mutter besorgt fragte, was denn passiert sei, kreischte sie nochmals, in einer so gekünstelten Weise, dass man merkte, dass es angelernt oder zumindest von irgendwem abgeschaut war, und deutete angewidert auf eine kleine Spinne, die über das Beistelltischchen neben ihrem Sessel lief. Noch bevor ich sagen konnte, dass Spinnen Glück bringen, war unsere Vermieterin aufgesprungen, hatte eines der zahlreichen Inneneinrichtungsmagazine, die sich auf dem Tisch stapelten, ergriffen und schlug damit fest auf die Spinne. Den zerdrückten Überrest wischte sie mit einem Stück Küchenrolle vom Hochglanzcover des Magazins und warf das Papier ins Kaminfeuer. Die Tochter ließ ein erleichtertes „Dankeschön" hören und wandte sich wieder der Talkshow zu.

Ich schlug Jana vor, dass wir langsam unsere Sachen ins Zimmer bringen sollten, um dann noch etwas vom Tageslicht zu haben, wenn wir hinunter zum Hafen schauen wollten. Jana stimmte zu, wir standen also auf und bedankten uns für den Kaffee, bekamen den Schlüssel für die Haustür ausgehändigt und stiegen die knarzende Holztreppe bis zum Dachgeschoß hoch, wo wir laut Abmachung für die nächsten zwei Wochen untergebracht sein würden. Links lag das Badezimmer, auf der anderen Seite des Ganges, ohne Verbindungstür, das Schlafzimmer. Beim Anblick der Ausstattung des Schlafzimmers bezweifelte ich zwar, hier einen halben Monat mit Jana verbringen zu können, aber noch wollte ich dem Urlaub eine Chance geben. Und doch hatte ich das todsichere Gefühl, es nicht einmal allein in diesem Raum länger als zwei Tage auszuhalten.

Es war nicht die Enge oder der abgeschrägte Plafond. Auch nicht die spärliche Möblierung mit zwei Betten, einem Regal, einer Kommode und einer Elektroheizung. Vielmehr schien etwas in der Luft zu liegen, das hier geschehen könnte und das sich schon im Voraus in die Möbel und die Wände eingeschrieben hatte. Es wollte mir aber nicht gelingen, dieses ungewisse Empfinden anhand irgendeines auffälligen Indizes dingfest zu machen. Mehr als körperliche Reaktion, als ein vages Unwohlsein kam es mir zu Bewusstsein.

Jana meinte, sie wolle noch schnell duschen gehen. Meine Aufgabe bestand darin, währenddessen unsere Kleidung in die Laden der Kommode zu räumen. Damit die Wärme vom Elektroradiator im Zimmer bliebe, schloss sie die Tür hinter sich, als sie ins Badezimmer verschwand.

Ich hörte durch die Wand, wie sie die Dusche aufdrehte. Das Rauschen klang, wie wenn sie damit ein anderes Geräusch übertönen wollen würde. Ich legte mich aufs Bett und blickte aus dem winzigen Dachfenster hinaus aufs Meer. Unterdessen berührte die Sonne den Horizont, und das Wasser war gekräuselt, als hätte es eine Gänsehaut. An der Scheibe des Fensters entdeckte ich eine grüne Blattwanze, ähnlich der unten in der Loggia. Ich erhob mich, öffnete das Fenster und ließ sie hinaus. Dann legte ich mich wieder aufs Bett.

Einige Atemzüge lang lag ich regungslos da und schaute abwechselnd hinaus auf den Horizont und auf unser Gepäck, wie um zwischen beidem einen Zusammenhang herzustellen. Plötzlich hörte ich ein Kratzen an der Tür, begleitet von einem leisen Gewinsel. Ich rührte mich nicht. Ich blickte weiter abwechselnd zum Meer hinaus und auf unsere zwei Gepäckstücke, auf Janas Ledertasche und meinen

Aluminiumkoffer, die wie zwei genügsame Tiere dahockten und auf meine Zuwendung zu warten schienen.

Nach vielleicht fünf Minuten, in denen immer wieder das leise Kratzen und Winseln an der Tür erklang, setzte das Rauschen von der Dusche im Badezimmer aus. Ich begriff, dass ich, wenn ich handeln wollte, schnell handeln musste. Also stand ich als erstes auf und drehte den Schlüssel, der im Schloss steckte, zweimal in Richtung Türstock.

Der Abstieg

Nachdem wir die Stunden bis zum Einbruch der Dunkelheit im berühmten, hoch gelegenen Wald der Nachtigallen zugebracht hatten, machten wir uns wieder an den Abstieg. Der Klettersteig, der uns bis zum Dorf am Saum des Waldes brachte, lag zwar schon im Dunkeln, aber wir konnten uns am Geländer problemlos bis nach unten vorwärtstasten. Der schwierigste Teil der Route wäre damit geschafft, dachten wir. Nach einigen Minuten des Gehens durch die Gassen des Dorfes, was durch die Abschüssigkeit des Weges auch nicht gerade unanstrengend war, mussten wir uns allerdings eingestehen, dass wir uns nicht mehr sicher waren, ob wir uns nicht verlaufen hatten. Alles schien mit einem Mal irgendwie anders auszusehen als noch am Nachmittag. Wir hatten an manchen Ecken regelrecht das Gefühl, dass die Dorfbewohner in der Zeit, die wir im Wald am Gipfel verbracht hatten, ihre Häuser geringfügig umgestellt hatten, wie um uns in die Irre zu führen. War etwa dieser Brunnen mit dem ins Auge springenden Relief – ein Vogel, der aus einem Herz wie aus einem Ei zu schlüpfen schien – bei unserem Aufstieg durch die steilen Gassen nicht rechter Hand gelegen, und jetzt kamen wir links daran vorbei? Und dieser Touristenladen war uns aufgefallen, weil er sich an einer Weggabelung befand, und jetzt steckte er in der Mitte zwischen zwei Häusern. Und waren die Eimer mit den Pelargonien vorher nicht dort statt da? Und wo wir bei Tageslicht noch an einer Mauer entlang zu einem kleinen Platz gelangt waren, versperrte uns jetzt, am nächtlichen Rückweg, ein Gatter den Weg. Bei einer Dreigabelung blieben wir stehen. Keiner der Pfade schien der richtige zu sein. Einer führte zum Tor eines Stalls, einer endete in Sichtweite vor einem Zaun und einer verlief sich jäh im Geröll in der Dunkelheit. Wir waren gezwungen, ein paar der Höhenmeter wieder hochzusteigen, um herauszufinden, wo wir falsch abgebogen waren.

Als wir bei einer Gaststätte vorbeikamen, durch deren offene Tür Licht fiel, was auf Betrieb hindeutete, beschlossen wir, uns weiterhelfen zu lassen, und traten ein, jedoch weder im Speisesaal noch in der Küche war ein Mensch zu sehen, obwohl irgendwo leise Musik lief und es nach Essen roch. In einer Ecke der Gaststube stand eine alte, verstaubte Musikbox mit herausgezogenem Stecker und diente sichtlich nur mehr als Ablage. Wir warfen einen Blick unter den Stapel mit den Plastiktischtüchern, die da lagen, und es verwunderte uns, dass die Kärtchen mit den Songtiteln, die schon sehr vergilbt aussahen, fast ausschließlich aktuelle Hitparadenhits aufwiesen, von denen wir nicht angenommen hätten, dass sie noch als Vinylsingles auf den Markt kamen. Wir traten wieder

vor die Tür und probierten es mit einem anderen Weg.
Auf dem Balkon eines sehr desolaten Häuschens saß eine alte Frau. Wir grüßten sie und fragten, ob wir denn hier richtig seien, wenn wir zum Parkplatz wollten, aber die Frau antwortete nur etwas Unverständliches. Wir versuchten es nochmals, gestikulierend und mit dem Finger Richtung Tal zeigend, und erneut antwortete die Alte, doch es klang dem Tonfall nach nicht nach einer Erklärung, sondern so, als würde sie uns eine Geschichte aus ihrer Erinnerung erzählen. Sie hörte gar nicht mehr zu reden auf, und, nicht klüger als zuvor, bedankten wir uns und gingen weiter, wobei uns ihre Stimme wie ein Wasserrinnsal noch um einige Ecken nachzulaufen schien. Wir kamen zu einem Plateau in der Mitte des Dorfes, wo wir schon beim Aufstieg kurz Halt gemacht hatten, um zu verschnaufen und einen Blick in das Tal, über die dicht bewaldeten Vorgebirgsausläufer, schweifen zu lassen, die von da oben aussahen wie einst mit Riesenhänden zusammengeschoben. Ungefähr in der Mitte der Häuser rings um das Plateau befand sich ein Restaurant, und an den wenigen Tischen, die im Freien aufgestellt waren, saßen Menschen und speisten. An ihrem Aussehen konnte man sofort erkennen, dass es Touristen waren wie wir, und es kam uns etwas lächerlich vor, gerade bei unseresgleichen Informationen über die Abstiegsroute einholen zu wollen. Außerdem wirkten sie alle

schon sehr betrunken und eine Spur zu ausgelassen, als dass wir auf vertrauenswürdige Auskünfte hoffen durften. Wir versuchten eher, nachdem wir die Situation überschaut hatten, uns möglichst unbemerkt an den Tischen vorbeizustehlen, und tatsächlich gelang uns das ganz gut, weil wir uns zum einen in unserer Körperhaltung und unseren Bewegungen wie Einheimische gaben, und zum anderen hatten die Gäste so sehr mit sich selbst zu tun, dass sie uns gar nicht bemerkten. Vollauf damit beschäftigt, sich einen Bissen nach dem anderen, scheinbar ohne dazwischen auch nur einmal zu kauen, in den Mund zu stecken oder einander abschmusend oder in eine Art von Trinklied mit derben, zotigen Versen einstimmend, hatte kaum einer von ihnen mehr als einen geringschätzigen Blick für uns übrig, ganz so wie für die um die Beine der Gesellschaft streichenden Hunde und Katzen, deren Leiber so schmal waren, dass ihre Rippen unter dem Fell hervorstachen. Als wir das Plateau über und hinter uns gelassen hatten, atmeten wir auf. Zumindest waren wir jetzt zuversichtlich, was die Orientierung anbelangte, denn dieses enge Gässchen, in dessen Mitte wir die Steinstufen hinabtappten, kam uns vertraut vor, sodass wir, nunmehr sicher, uns auf dem Weg zum Parkplatz zu befinden, einander scherzende Worte über unsere Situation zuwerfen konnten, und schon unterhielten wir uns darüber, was wir mit dem Rest des Abends anstellen wollten, doch plötzlich, als hätten wir uns durch unseren Übermut strafbar gemacht, ging es nicht weiter, der Weg endete abrupt vor einem Abhang, und den Trampelpfad, der da hinunter führte, in unbeleuchtetes Terrain, waren wir bestimmt nicht heraufgekommen. Wir mussten also umkehren und uns wieder bis zur letzten Wegscheidung hocharbeiten. Es sah so aus, als bliebe es uns nicht erspart, uns ein zweites Mal an der Abendgesellschaft vorbeizudrücken, um vom Plateau aus einen anderen Durchschlupf für den Abstieg ins Tal zu wählen. Es war uns peinlich, dass wir uns so offensichtlich verirrt hatten, doch abermals wurden wir von dem völlernden Haufen kaum zur Kenntnis genommen, nur eine dicke Frau, der eine Brust aus ihrer Bluse gehüpft war, stand schnell auf, als wir uns an ihrem Tisch vorbeizwängten, zückte eine Kamera, machte ein Bild von uns und versenkte sich dann augenblicklich in den Anblick des soeben geschossenen Fotos auf dem winzigen Bildschirm ihrer Kamera, ohne sich weiter um uns zu kümmern.

Auf der rechten Seite des Plätzchens war eine kleine Kirche, vor ihr krümmte sich ein Weg um die Ecke, dort wollten wir unser Glück versuchen. Wir blieben stehen, als uns eine Kinderstimme etwas zurief, und blickten uns um, da sahen wir den Kopf eines kleinen Jungen im einzigen Fenster des Hauses gegenüber der Kirche. Er wiederholte seine Worte, aber wir begriffen nicht, was er uns da zu verstehen geben wollte, also hoben wir, als Zeichen unseres Unverständnisses, die Schultern. Der Junge lachte, wandte sich um, rief etwas ins Innere des Zimmers, und sofort drängte sich ein halbes Dutzend anderer, lachender und durcheinander redender Kinder ans Fensterbrett. Wir waren etwas verunsichert und zuckten erneut mit den Schultern, da verstummte die Gruppe, und einer, der der Älteste von ihnen zu sein schien und eine Brille trug, deren rechtes Glas zugeklebt war, teilte uns in einer Sprache, die wir verstanden, mit, dass der Weg, den wir im Begriff waren einzuschlagen, uns zum Friedhof führen würde, und kaum dass er gesprochen hatte, begannen die übrigen Kinder wieder zu lachen und wild durcheinander zu plappern. Da hob der Junge mit der Brille die Hand, die anderen wurden still, und als er zu uns sagte, dass er annehme, wir würden den Weg zum Parkplatz suchen, nickten wir und zeigten in verschiedene Himmelsrichtungen, um unsere Orientierungslosigkeit darzustellen. Der Junge deutete uns, dass wir warten sollten und entfernte sich vom Fenster. Schlagartig setzte das Gelächter und Geplapper der übrigen Kinder wieder ein, und es hörte auch nicht auf, als sich das Tor des Häuschens öffnete und der Junge herauskam. Er blieb einen Moment lang wie beschämt vor uns stehen, augenscheinlich bemüht, einen Lachanfall zu unterdrücken, dann wies er uns an, ihm zu folgen. Geschwind brachte er uns zur Mitte des Plateaus, wo er auf einen Spalt zwischen zwei Häusern zeigte, so eng, dass man nur

hindurchgelangen konnte, wenn man sich seitlich und leicht gebeugt hielt. Hier, sagte der Junge. Wir bedankten uns, er grinste und rannte zurück zu seinen Spielkameraden.
Nachdem wir uns durch den Spalt gezwängt hatten, lief alles wie von selbst. Eine einzige breite Gasse ohne Einschlüpfe rechts und links führte schnurstracks zum Dorfanfang, wo auch der Pfeil mit der Aufschrift „Zum Wald der Nachtigallen" und die große Schautafel mit dem skizzierten Plan der Ansiedlung und ihrer Umgebung standen, anhand derer wir uns am Nachmittag einen Überblick verschafft hatten. Gleich dahinter dehnte sich der Parkplatz aus. Wir verbrachten zwar noch eine Zeitlang mit der Suche nach unserem Auto, doch schließlich hatten wir es gefunden, und es konnte losgehen. Die steile Serpentinenstraße kam uns nun, auf dem Weg hinunter ins Tal, kürzer vor als noch vor wenigen Stunden, als wir sie hochgefahren waren. Viel kürzer. Sehr viel kürzer.

Ulrike M. und ich machen Urlaub am FKK-Strand

Dicht vor mir, auf dem leicht bewegten Wasser, liegt Ulrike rücklings auf der Luftmatratze, die wir gemeinsam aufgeblasen haben, und der Anblick ihres nackten Körpers, den ich anfassen kann, wann immer mir danach ist, erscheint mir fast wie etwas Unglaubwürdiges, so, als stünde mir solch ein Glück gar nicht erst zu. Meine Füße berühren den sandigen Grund, und mit beiden Händen habe ich die Matratze gepackt und schiebe Ulrike vor mir durch die Wellen, weg vom Strand und den Menschen, hinaus zum Horizont, und sobald ich nicht mehr stehen kann, beginne ich zu schwimmen und stoße uns mit jeder Bewegung weiter ins offene Meer. Ulrikes lachender Mund, ihre runden Brüste, ihr Bauch mit dem Nabelschlitz, ihre behaarte Scham, ihre schön geformten Beine – all das verlockt zum Küssen und erfüllt mich mit einer Mischung aus Sanftmut und dem Hunger darauf, ihren Körper so nah wie möglich an meinem zu spüren.

Wir haben schon die unsichtbare Linie hinter uns gelassen, die von den jeweils letzten Pflöcken der Pfahlreihen, die als Wellenbrecher dienen, gezogen wird, und wenn ich mich umdrehe und zum Strand schaue, kann ich die Gesichter der Menschen nicht

mehr unterscheiden. Ulrike hat den Kopf zurückgelegt, und ihr Haar treibt im Wasser. Es ist naheliegend, dass ich an die Jahrhundertwendebilder von weiblichen Wasserleichen denken muss, aber der Gedanke verlässt meinen Kopf genauso schnell, wie er gekommen ist. Ich spreche nicht, manchmal nur muss ich beim Atemholen prusten oder spucke verschlucktes Salzwasser aus. Allein das Geräusch des Meeres und die Schreie der Möwen sind zu hören und der Wind, der unsere Ohren mit seinem Brausen sättigt. Hin und wieder treiben wir durch eine Welle, die größer ist als die anderen, dann gibt Ulrike ein vergnügtes Jauchzen von sich, und ich muss mich etwas mehr ins Zeug legen, damit mir die Luftmatratze nicht entgleitet.
Auf Ulrikes Bauch hat sich eine Gänsehaut gebildet, und die feinen blonden Härchen darauf glitzern in der Sonne. Immer wieder schwappt das Wasser über ihren Körper und hält ihn nass, als wäre sie ein Lebewesen, dass an der Luft austrocknen und verenden würde, und als wäre das Meer ihr wohlwollender Beschützer, der sie vor dem Schlimmsten bewahrt.
Ich bin versucht, eine Pause zu machen und für eine Weile meinen Kopf auf Ulrikes Bauch ruhen zu lassen, aber zwinge dann meine untrainierten Beine doch dazu, noch etwas länger durchzuhalten. Bei einem Blick über die Schulter sind die Leute am Strand nur mehr kleine Gestalten, unmöglich schon ist es, ihre Haarfarbe oder ihr

Geschlecht zu erraten. Eine Möwe fliegt so knapp über uns hinweg, dass ich einen Moment lang, in einer kurzen Windstille, das Rascheln ihres Federkleids höre.
Ulrike hat ihre Augen geschlossen und liegt auf der Matratze wie eine Bewusstlose. Ihr Kopf leistet dem Schaukeln der Wellen keinen Widerstand, bereitwillig rollt er von einer Seite zur anderen. Immer, wenn sich dabei ihr Gesicht mir zuwendet, schaue ich genau, ob sie mich heimlich durch ihre Lider beobachtet, aber ich kann es nicht mit Gewissheit erkennen, weil ihre dichten und wassergetränkten Wimpern ein Blinzeln nicht verraten.
Als ob ich es nötig hätte, ihren Zustand der vermeintlichen Blindheit auszunützen, konzentriere ich meinen Blick auf ihren Schamhügel, dessen Form dazu verleitet, die Hand darauf zu legen, diese Wölbung das passende Gegenstück zur Rundung meiner Hand. Ich stelle mir den Geschmack ihres Schoßes vor, salzig und süß zugleich, und dabei merke ich, wie trotz der Kühle des Wassers mein Glied ein wenig anschwillt, und ich genieße meine Nacktheit und die Schwimmbewegungen meines Unterkörpers noch stärker. Wie in Erwiderung öffnet Ulrike ihre Augen, und ihre Lippen deuten ein verschmitztes Lächeln an. Das ist der Zeitpunkt für mich, eine Rast einzulegen, und ich greife über ihren Körper auf die andere Seite der Matratze, sodass mein Brustkorb auf ihrem Becken aufliegt. Ulrike streicht mit ihrer rechten Hand

über meinen Kopf, während mein Atem langsam ruhiger wird. Ich rutsche etwas höher und presse mein Ohr sanft auf Ulrikes Bauch. Durch das Rauschen des Meeres und des Windes glaube ich etwas von Ulrikes Körpergeräuschen zu vernehmen, das Grummeln und Gluckern ihrer inneren Organe, Laute, für die sie sich bisweilen geniert, die ich aber so liebe, weil sie mir seit dem ersten Moment meines Lebens das Allervertrauteste und Selbstverständlichste sind. Ich mache die Augen zu und überlasse uns beiden ganz dem Wiegen und Schaukeln der Wellen, und die Pfiffe und Schreie der Seevögel scheinen mir aus einem Traum zu stammen, und ich frage mich nicht mehr, was das alles bedeuten soll, höre auf, mich vergewissern zu wollen, gebiete dem Denken Einhalt, nur einatmend und ausatmend liege ich auf Ulrikes Becken, darunter die Luftmatratze, die wir gemeinsam aufgeblasen haben, und unter ihr dann das Meer, durch das wir nicht bis auf den Grund sehen können, und alles, was sich noch tiefer befindet, gehört für uns dem Bereich der Utopien und der Unwahrscheinlichkeit an, kein Ort für Menschen, kein Ort für uns.

Nach einer Weile schlage ich wieder die Augen auf, absichtslos und unvermittelt wie aus dem Schlaf erwacht, und gleichzeitig lasse ich auch meine Beine aufs Neue ihre Stoßbewegungen beginnen, die uns noch weiter vom Land und seinen Bewohnern wegbringen sollen, und ich nehme wahr, wie

Ulrike leise eine Melodie summt, eine Tonfolge, die auf und ab geht wie die Wellen, und nach einiger Zeit atme ich synchron zum Takt dieser Melodie, die ihren Rhythmus dem Meer abgelauscht zu haben scheint, und ich brauche mich gar nicht erst umzudrehen, um zu wissen, dass der Strand sich jetzt schon so weit entfernt hat, dass er nur noch von kleinen schwarzen Punkten besiedelt ist, die ihrerseits, wenn sie zu sehen vermögen, einen kleinen schwarzen Punkt draußen im Meer ausmachen können, der ab und zu hinter einer Welle auftaucht und dann wieder verschwindet.

Inhalt

Der Durchhaltewettbewerb	7
Zwei	21
Noch einmal für Jean-Louis Trintignant	27
Höhenstraßengespräche	35
Der Nichtsdestotrotzraum	39
Der Wasserfall	49
Samadhi	59
Künstlerische Freiheit	67
Auf dem Weg hinterm Haus, auf den Wald zu	74
Wie man seine Box zum Verschwinden bringt	78
Carime ruft nach ihrer Katze	85
Engagierte Literatur	89
Henry Kissinger und ich teilen ein Taxi	96
Der Innenhof des Komplexes	102
Richtung	114
Napoleon	118
Reif	125
Liebe	134
Die Abschiedsworte des Bauchredners	139
Tote Saison	147
Der Abstieg	156
Ulrike M. und ich machen Urlaub am FKK-Strand	163